U0858435

大腕的秘密 3

汤慧子 小说作品

娱乐文学开山力作
深度揭秘潜在规则

他们之间到底发生了什么？由此翻开

東方出版社

坚强的男人总会出人头地的，

零壹

2009 年 3 月，北京，一个温暖的午后。

“沈老师，你看报纸了没？”我正在京郊的别墅里插花儿，周坚强就举着他那油烟嗓子给我打电话了。花儿是一把百合和郁金香，我半上午到花市弄回来的。老板本来说这一大把怎么着也要 50 块钱，不过在我软磨硬泡的讨价还价之下，最终以 32 块钱胜利地把那一大捧抱回了家，捎带还拿了好多枝再过两天就要开败的，那些不要钱，但至少还能摆两天。周坚强每次回家，看着满屋子的花，闻着满屋子的香味儿，总说我这是在弄资产阶级情调，要腐化他。不过，这个时候我总会严厉地告诉他，“不要生在福中不知福。”

在公众面前我可能是个大明星，可居家过日子，我和别人都一样。

说到这儿，还没说周坚强是谁，别看他叫我沈老师，但他正经八百是我的老公。周坚强在外面挺牛，指挥着浩浩荡荡的一群人拍戏，每个人都听他的，不过回家后不论家务事大小一概对我俯首帖耳，所以我估计他对我的“沈老师”这个称谓也是这么来的，但因为时间久远，我也无从考证了。

“你说报纸上写的你和神秘女子的‘过夜门’那事儿啊？”我一边拾掇着花儿，一边轻描淡写地和周坚强说着。倒也不是我假装心里平静，只是对于媒体上报道的周坚强的绯闻早已经有了抵抗力，我压根儿不往心里去。

“对呀，你看到了啊？我刚起床，陈述就把报纸拿给我，这都是些什么报道啊！中国的电影导演就是被他们这帮人给毁了！我还以为你没看着呢！”周坚强说。陈述是周坚强的助理，我不在的时候，陈述就负责照顾周坚强的起居。

周坚强平时基本上一个人住在市区的公寓里，他特别喜欢晚上看剧本、琢磨电影的事儿，好像晚上才是他的工作时间。可我喜欢早睡早起呀，为了他这个“良好”的工作习惯，我没少跟他争，但到了后来我就发现是我一个人在瞎忙活，他在你“批评”他的时候都会乐呵呵地拼命点头，可一看到月亮星星，自个儿就主动精神起来了。看着他坐在那儿看书写东西的勤奋样儿，我也不好阻拦他的事业呀，所以干脆一个人搬到了我们在京郊的别墅。周末或者平时大家都闲的时候，我们就在公寓或者别墅里短聚一下儿，一不留神儿就赶上了“周末夫妻”的时髦。

“我早晨起来看早报的时候就看到了！那不是前几个星期的事情了嘛！报纸还私自给我们做了要离婚的决定。”我把花拾掇完了，屋子里原先快凋谢的花儿都让我换了新颜，背靠在沙发上，心情很是舒畅。

“哎呀，谁说不是呢，还是沈老师了解我，我以为你把那天我跟你汇报过的事儿给忘了呢。刚才还想着你可千万别误会了。不然今天我又得回去承认错误了。”周坚强说。

前几个星期，周坚强和我说他要和一帮女演员在公寓里通宵开派对，问我有啥意见。我当时给的指示是“不支持不反对，把握好分寸。”结果，那帮狗仔的消息还真灵，比我嗅得还快。其实也不是我一点儿都不担心周坚强和别人出什么岔子，毕竟是一个大导演，这种机会多，只是周坚强在我的“威严”之下从来不撒谎，所以我对他百分之百信任，这样他反而不会弄出什么幺蛾子来。

“那现在怎么办呢，我这一出门儿肯定又是一帮狗仔，烦都烦死了！”周坚强说。

“这还不简单，今天晚上你有没其他重要的事儿，没事儿我们俩到三环的京都饭店吃个饭，正好我们也有好多天没见了。”对于这样的事情，我从来都是从容应对，没半点儿受惊的感觉，“然后在这之前你就别出去了，下午在公寓里办公。晚上出来要是在家门口碰到记者，你也先别吱声儿，等到了饭店再说。”

“我对你佩服得五体投地，您就再允许我叫您一声‘沈老师’吧！”周坚强从他那油烟嗓子里透着高兴。

“看把你美的！那就晚上八点在京都饭店见吧。”我和周坚强说。

下午没事儿，我睡了个午觉起来，在家里边听广播边看书。我其实特别喜欢过这种很清静的生活，当然要是周坚强能闲下来，陪我一起待着，再给我讲几个段子那就更幸福了，但是他现在还是太需要他的电影了，我看这样的生活还得等上好多年。

傍晚天色渐渐暗了下来，客厅里巨大的落地窗上也褪掉了午后的温暖，被冷风冰冻起来。冬日的外面总是冷飕飕的，连行人们也都面无表情地行色匆匆，好像只有娱乐圈还一如既往地热闹着，狗仔、明星一个个都满脸堆笑。

抬头看了看墙上的挂钟，时间差不多了，我化了个淡妆，套上羽绒服，朝京都饭店出发。

零贰

“沈老师，我的本子写到一半，不能马上停下来，再给我半个多小时，你得到那儿等我一会儿。”我正开着车，周坚强的电话就来了，他的工作一忙起来就这样，没个点儿，所以我现在一年最多就只接两部戏，其余的时间都在家里待着，得照顾家也得照顾他。

“好，你记得出来多穿点儿，外面挺冷的！”周坚强这几年弄电影弄得身体不是很好，每次我都得叮嘱他，不说他一准儿能忘。

我放下电话看看车子的后视镜，那辆银灰色的大众还是不紧

不慢地跟着我，保持着一个车子的距离。我不由自主地笑了一下，心想“今儿还真需要你们”。

大众汽车里坐的是两名娱记，叫什么名字我不知道，但是面儿应该很熟，每次被我发现自己遇上偷拍的事儿，基本上都是他们两个坐着那辆银灰色的车弄的。这次赶上周坚强的绯闻，两位一定是在我别墅的门口蹲了一天了，也怪累的，看来干什么都不容易。

我开车到京都饭店的时候八点整，好不容易在满当当已经停好的汽车堆儿里找了个空位，赶紧把车停好想溜进饭店。没想到我刚关了车门儿转身要走，就和那两个娱记撞了个满怀。

“嘿，你们动作够快的啊！车位那么好找啊？”我和两个记者开起了玩笑。我并不怕这次采访，只是想等周坚强来了再和他们交锋。

“沈老师好，我们的司机正找着呢！”两位娱记很客气，我扭头一看，那辆大众正被人开着四处踅摸车位呢。

“你们还真专业，连司机都有！”我说。

“沈老师，今天您这是和谁一起来吃饭啊？”记者问道。

“和周坚强啊，他一会儿就到。”我坦然地和记者说。

“哦，沈老师，不知道您看到今天报纸上关于周导的报道了没？”记者终于走上了正题。

“你们说的是哪篇，他哪天不上报纸啊，也真苦了记者，他长的也不帅，还得天天被拍，是够烦的哦。”我也和记者打起了哈哈。

“呵呵，没有了，周导是著名导演，拍他是应该的。我是说周导带一神秘美女回公寓过夜的报道。”记者说。

“哦，这个啊，我首先得强调一点。你们这个表达不够准确。周导带美女了，但不是一个，也不神秘，是一帮美女演员，也是周导的朋友，大家约在一起在公寓里聚会了一下。”我说。

“那您知道这件事情？”记者有点儿惊讶。

“当然，是前几个星期的事儿了。”我说。

“那即使是知道，可您就不担心那么多美女每天围绕在周导周围，万一有个什么闪失呢？”记者问。

“看来你是比我还紧张我们的婚姻，我得先谢谢你。我告诉你，以前吧，没见过什么世面，确实挺担心，谁想到咱丈夫这么有名啊！后来就不担心了，你得这么想，你自个儿在那瞎担心有什么用啊？好家伙如果真有人要那么做，人家都是生往上闯，跟勇闯夺命岛似的，那你说怎么办，怎么弄，这都是我担心不来的。即便就一时糊涂，我们家坚强实在没扛住这攻势，怎么着了，反正我们家也是男的，吃亏的不是我们。有一个算一个，倒在我们家枪下，我不吃亏。”我一张瓜子脸上，嘴巴倒不小，在这个时候派上了用场，噼里啪啦说一通，搞得记者光是张大嘴巴看我了，一点儿辙都没有，“你别说，反倒因为这样，我告诉你们，我们家坚强那是到现在一次事儿都没出过。”

我说完，把俩记者撂在我身后，走进了饭店，估计他们还在琢磨我的话呢。

进了饭店，我挑了个靠窗的包间，把外套脱了下来，边喝茶边等周坚强。我往外望了望，楼下的记者还没走，怕是要一直等着周坚强来了。

大约过了一个小时，周坚强的车到了楼下。一下车，等候多时的两个记者就迎了上去，周坚强不知道和他们两个说了句什么，两人居然上车走了。

“你刚才和他们说什么了，怎么我刚刚和他们说了半天他们都没走，你一句话就把人家给支走了呀？”周坚强在说话上那是强项，刚认识的时候还觉得他挺痞的，特别多话，能侃，净招我不待见了，可后来不知道怎么的不知不觉就上瘾了，一天不听他侃就不过瘾，都成了他的铁杆儿粉丝了。所以，直到现在都是，他要是出去拍戏或者参加活动，我们还是会每天通电话，光是听听他说的话，我就觉得像我们每天在一起一样，心里头乐得不行。

“我跟他们说我就和沈老师在里面吃顿饭，两个小时，你们大冷天的也先去吃饭，别光在饭店门口守着啊！两个小时之内你们再回来，我一准儿在。不过要卡好表啊，超了俩小时，我可不敢保证我在哪儿了！”周坚强得意地说。

“嗬，还真有你的！”我瞅着周坚强那一排特不整齐的龅牙，怎么就那么伶牙俐齿啊！

我和周坚强的这顿饭还真吃了两个小时，下楼的时候俩记者冲我们笑着还恭候在楼下。我和周坚强各自开着车回到了他的公寓，在周末到来之前提前享受了我们的二人世界。

第二天早晨，陈述拿来了份儿报纸，娱乐版头条是“周坚强沈雪共赴饭局同回公寓牵手打破离婚传言”，我看了看标题，对着周坚强笑了笑。

零叁

我和周坚强认识的时候，我还挺年轻，虽称不上美若天仙，可也算是在人群里有些扎眼的。不凭我的长相，单论我火辣的性格，你也不能把我淹没在人群里。

“你今儿看了觉得这部电影怎么样？”那是1992年的夏天，在黑乎乎的电影院里，孙晓飞坐在我正前方问周坚强。孙晓飞那时候就是北京电视中心的创作主任了，手里的权力不小，我们这帮拍戏的、演戏的可都不敢得罪他，嘴巴里一口一个晓飞哥地叫着。

“我觉得都还不错，就是女主角差点儿。”周坚强说。

那是我第一次见周坚强，留着蓬松的机车头，就是经常在电影里看到的骑摩托车的那些年轻人留的，挺长挺茂密，裤子看不见，但衣服能看得出来好像是件花衬衫。眼前放的是《痴男怨女》的样片儿，编剧是周坚强和孙晓飞，女主角就是我，男主角是戈六，他在当时已经是挺有名儿的一个演员了。我听着周坚强那油烟嗓子冒出的这句话，心里顿时来了火儿，但一起看样片儿的人很多，我也就按捺着没动。

“女主角就坐我后面，坚强。”孙晓飞小声地和周坚强说，周坚强赶紧扭脸儿往后看，正好对上我一双犀利的眼睛盯着他。我不知道他当时究竟看到我的眼神儿没，因为电影院里除了屏幕上有点儿亮光外，其他地方几乎都是黑的。周坚强看了一眼，就赶紧缩回了脑袋，正襟危坐，没再吱声儿。

“我是人艺的专业演员，你电影还没看完，凭什么就说女主角演得差，老早就听说你能侃，看来真是名不虚传，什么都说。”我在心里气愤地想。

那时候的我刚刚从中央戏剧学院毕业，作为尖子生被分配到了北京人民艺术剧院，就是人艺。1991 年去的时候，我演过几台话剧，观众反应都特别好，那几台话剧也能算得上是脍炙人口了，这才转身进入到电影行当。我做什么事情都是要经过深思熟虑，一旦做了就特别执著，不管是演话剧还是演电影，我既然要演，就会不惜代价，只把不让观众失望作为自己的第一个目标。

我好像从小就是这样的脾气，对我决定要做的事情特别认真。 我还记得当时考大学的事儿。

那时候，我上的戏校解散了，我好不容易在武汉话剧院当上了个话剧演员。 突然接到杨国立的电话，说当时中戏和北京人艺在学校联合办了个实验班，要是能考上，将来大学毕业就能直接分配到人艺工作。 杨国立当时已经是知名演员了，什么话剧、电视剧里都有他。 我们是在武汉合演一个话剧的时候认识的，可能是因为我当时经常在剧组跟他抱怨对那时候的生活状态不是很满意，国立大哥便记在了心上帮我留意着。

我放下电话就忐忑不安起来，那时候妈妈正病着卧床不起，我也因为贫血在家休养，身子弱的好像一刮风就要把我吹走一样。 到底要不要去考，我琢磨了一宿，翻来覆去在床上掂量着利弊，整个晚上都没睡着。 第二天早晨，天还蒙蒙亮的时候，我就下了决心：再病也要到北京去考一回，这个机会错过了可能一生都不会有了。

于是，我简单地和我妈说了一声儿，拖着病快快的身子就一个人到了北京，找到了国立大哥。国立的妻子当时看着我惨白的脸和虚弱的身子特别心疼，像照顾妹妹一样，在家里给我补了两天，我才稍稍有了点儿精神去考试。没想到，就这样我愣是凭着一股子拗劲儿考上了中戏。

所以，我现在哪里能容忍周坚强在电影看到一半儿的时候就随便发表议论，反正我这心里跟周坚强是不对付了。放完样片儿，我就直接走了，也没和周坚强、孙晓飞打招呼。

样片儿放完没多久，剧组给弄了一个关机散伙儿饭，大家都聚到了一块儿，周坚强也来了。当时周坚强和戈六坐一块儿，这回我可看清楚周坚强了。留着半长不短的头发，穿个花里胡哨的衬衫，还有一条满是口袋的卡其布裤子，弄得人不像人鬼不像鬼的，像是随时就要去参加野战一样，我看了心里就觉得别扭。

刚开始，大家还规规矩矩地吃饭，等吃到一半的时候，大伙儿都开始蹿桌子，给别桌的朋友敬酒道别啥的。别看演艺圈的人就那么多，可大家都忙着拍自己的戏，可能这部戏拍完，大家就再没机会合作了，所以都抓紧时间告个别。戈六和周坚强也端着酒朝我走了过来。

“沈雪，这是周坚强，我们的编剧，你认识吧。”戈六给我介绍着。

“哦，没太注意，今儿头一回知道。”因为上次在电影院里的事情，看着这个周坚强我这心里就来气。

“沈雪你好，上次我们在电影院应该在黑暗中见过一次。要是您在电影院里听到了一些什么不顺耳的话，您就只当是我在公众场合实在没憋住放了个屁，等臭味散了，您也就把它给忘了吧。实话和您说，整个电影看完，我都想扇我俩嘴巴子。可碍着人多，我这人又好一个面子，这才没下得去手。”周坚强的话很逗，让我的气消了一半儿，可我脸上还绷着，不能让他们看出来，哪能这么轻易和解。

“你们这是说什么呢，我怎么就听不懂呢！不是我介绍你们两个认识的吗？怎么一下子就把我排斥了呢？”戈六的嗓音比较低，说话北京味儿特别重，再加上不紧不慢的语速，特平常的话也能说的跟笑话似的，怪不得人家都说戈六读台词的功力在内地几乎没人能比得上的。我一听，一下没憋住，扑哧一声儿乐了。

“你看，笑了，笑了，美女笑了就是好看！”周坚强在旁边搭腔。

“怎么着啊，你们过来是喝酒还是要干嘛？”我冲着戈六转开了话题。

“呔，把正事儿给忘了。我和你说啊，我有一个朋友，搞画画的，平时自己还开个画廊，特有钱，也有艺术家的气质，生活里吧什么都不差，就差一女朋友，非托我给他介绍一个合适的，说我们这儿漂亮姑娘多。”戈六说。

“对，这人也正好是我的战友，我也能保证他人品端正，是个好人。虽然家庭富裕，还是个高干子弟，却也像咱贫下中农一样亲切待人，难能可贵。”周坚强插话道。

“你们这是在给我介绍对象吗？”我看着他们两个。

“算是吧！”戈六答道，周坚强也点点头。

“要我说，谈恋爱这事儿还得自己动手丰衣足食，就不劳驾别人代庖了，以后你们还是别替我操这份儿心了。”我说完，把自己酒杯里的酒先干为敬，俩人愣了半天，没想到遇到一烈女，互相对望了一下，也喝完酒乖乖地回到自己座位上去了。

零肆

把周坚强的绯闻解决完之后，我俩又开始各自平静的生活，他一天到晚总有忙不完的电影上的事儿，偶尔我也去他片场看看，或者到他的工作室坐坐，剩余的时间我就在别墅和公寓两头儿跑，即使我晚上不在公寓睡觉，我也得给他收拾屋子啊，不然非让臭袜子臭鞋把他给淹没了不可。

这天，我哪儿也没去，在家里放着碟片，托着俩水袖在客厅里教我们家小保姆唱昆曲！

在上中戏之前，其实我的梦想是当个名旦。

因为我父母都是楚剧演员，所以我从小在这样的环境中耳濡目染，对戏曲特别感兴趣。1979 年，湖北省戏曲学校恢复招生，那年虽然我只有 12 岁，但是主意特别大，一听到招生的消息就决定去报考，但是父母一辈子从这条路走过来，他们一个是觉得学戏太苦，再一个也觉得那时候唱戏没多大的出路，所以死活不同意我报名。我当时一听就急了，在母亲面前一把鼻涕一把眼泪地央求，说自己是非学戏不可。

我现在也不明白，12 岁的时候，怎么就能那么执著去做一件事儿呢。不过还别说，我在妈妈面前那么一折腾，还真起了作用，她看得实在心疼也就默认了。后来我一路过关斩将，拿到了戏校的录取通知书。

后来我把录取通知书给父亲看的时候他才知道结果，原本他一直想让我读大学的，当时看着我的录取通知书一下子就没了魂儿，光是自己叹气，都不和我说话了。我那时知道自己辜负了父亲的一片苦心，但是我为了自己的兴趣，狠狠地下了决心，一定要学好戏，当名角，让父亲高兴起来。

哪知道后来天有不测风云，在我快要毕业的时候，戏校突然解散了，我这名旦也没当成，只能卷了铺盖卷儿回家了。虽然后来经过一番周折，做过话剧演员，再后来又机缘巧合地读了中戏的表演系，不过，当年练的功还在，自己的兴趣也一直没变，现在只要有时间我就在家唱会儿，全当给自己解闷儿了。

我正和小保姆在客厅里唱着呢，就听见门铃响了。 我踱着小碎步就来到了门口。

“吆，夫君今天怎么回来了，也不和娘子说一声啊！”门口周坚强和陈述拎着一大堆剧本儿和书站在那儿。

“夫君今天思念娘子便回来了！”周坚强扯着那油烟嗓子给我来了一句，把我笑得前仰后合起来，赶紧把他们让进了屋。

“我给你们做饭去，陈述也好久没来了啊！”我边脱下水袖，边往厨房走。

“你多做点儿，待会戈六可能也会过来。”周坚强说。

我去厨房开始做菜，周坚强就带着陈述到楼上研究剧本去了。

周坚强爱吃素，什么炒土豆丝、溜圆白菜之类的，不过为了让他营养平衡，我每次都会把肉放进去，然后再炒的跟没放

肉一样，这火候不大好把握，一般人还做不出来，所以周坚强对我的“周家菜”已经到了痴迷的程度，而他那帮朋友经常到家里来蹭饭，为的也就是这个“周家菜”。

等菜做的差不多的时候，戈六到了。

“我来得还真是时候，不早不晚！”戈六笑着直接走到了饭桌旁，锃亮的光头配着两颗大门牙，他总是由内而外地透着幽默感。

“你是算准了我做菜的时间吧？ 不做好不来！”我假装嗔怒道。

“谁说的，我哪儿知道您做菜的速度现在是越来越快了呢，你瞧我这儿拎着什么，刚刚到菜市场买的上好的甲鱼，再加个菜！”戈六说着把甲鱼递给了我。

周坚强听着戈六的声音，也从楼上走了下来。

“你来了？ 待会本子的事情还得和你商量一下！”周坚强和戈六说。

“小芳，你把甲鱼拿到厨房收拾一下，炖上就行。 大家先坐下来吃别的菜吧，不然待会该凉了。”我随手把甲鱼递给了小保姆。

“好，好。坚强，你猜刚才怎么着，差点儿没把我乐死！”戈六一边儿拉过椅子坐，一边和周坚强说。

周坚强没插话，小眼睛抬了抬，盯着戈六让他说下去，不知道又是什么段子。他们这些人整天在一块儿，时不时就能整出个段子，还特逗，我也巴望着戈六快点儿说。

“这回不是段子，是真事儿！”戈六贼贼的小眼睛一下子就看清楚我们在想什么了，“刚刚去菜市场买菜，我带了顶鸭舌帽，拉得挺低，我怎么这么晚才过来，是因为我怕我白天去菜市场会引起群众围观，所以就拣大晚上没什么人的时候进去。走到卖甲鱼的摊子，我低头正在那儿琢磨呢，是选左边儿这只还是选右边儿那只，卖甲鱼那老大爷一嗓子差点儿没把我吓死，他说：‘冬子，你这上菜市场还想着玲儿呢？’你说神不神，我一下子以为是回到20年前了。猛一想，这不是2009年嘛。想想都是20年前的事情了吧，现在老大爷还记着电视里的那故事呢！”

“那后来你怎么说的？”周坚强咧着个嘴，乐呵呵地看着戈六。

“嗨，后来我和大爷说，玲儿现在嫁人了，我是想想来着，就怕社会道德不允许！”戈六的话引来了大伙儿一片笑声。

“冬子”不是戈六的小名儿，是他在电视剧《杂志社》里角色的名字，那部电视剧到现在有 20 年了吧，没想到菜市场的老大爷见了戈六居然还能记得起里面的台词。

“坚强，你说你们那会儿怎么就想着倒腾了这么个片子，那逗乐的程度不亚于你现在的喜剧电影啊，到现在好多台词儿和剧情我都记得。”我边吃边问周坚强。

“其实这就是一个机遇的问题！”周坚强说，“当时我高中毕业后就到了北京军区文工团，干的是老本行舞美设计，参军转业后调到了北京电视艺术中心，还是搞美术的。那时候中心里已经有好几个大导演、大编剧了，我进去的时候起点低，但整天跟在这些人屁股后面，你也想着有一天你得跟他们一样啊，不能总是弄弄舞美、搬搬道具就算了。”周坚强说。

“看来那个时候你就有野心了吧？ 是用什么方法贿赂的你们领导，让你直接成编剧了的？”戈六和周坚强算是熟到家的铁兄弟了，说起话来谁也不遮遮掩掩的，“我可记得你那时候为了让我演《杂志社》，推一自行车在我们家楼下足足等了俩小时，我当时还真被你给感动了，觉得是个做事儿的人。”

“还真让你给猜着了，我那时候还真去‘贿赂’了。当时的北京电视剧艺术中心是少有的电视剧制作单位，我们的领导孙晓飞在那时候权力特别大，我能进去也是经过他同意的，这么说吧，当时他就是这个圈子的敲门砖，你不通过他，想深一步都有点儿难。所以，我那个时候就天天跟在孙晓飞后面，整天晓飞哥晓飞哥地叫着，然后逮着机会就请他吃饭，抓着时间就找他聊天儿，什么理想啊人生啊工作啊，没什么话题不谈的，我记得我当时还跟他说我最大的梦想就是在路边盖一个大炮楼，要钢的，不怕炸，然后收过路费，是花花姑娘的通通给拉进去，哈哈！就是这样，我和孙晓飞渐渐熟悉起来，他弄个什么电视也都拉上我，刚开始还是美工，后来就慢慢也让我干上了编剧，这才有了《杂志社》的事儿。不过也得说我还是有点儿编剧的天赋的，不然别人怎么拉都还是不行。”周坚强说。

“你现在好歹也是个知名导演，怎么提你当年贿赂别人的事儿就一点儿都不脸红呢？”戈六说。

“那脸红什么啊。我跟你说我从小就出生在普通家庭，哪像

你们这样一出生就含着金钥匙的，你就算不含金钥匙，也有把艺术的钥匙吧，可我什么都没有呀！ 我要不用拉下脸来求人，那时候咱这张脸压根摆不到台面上去，所以根本就不觉得脸红，觉得这都是咱努力的结果。”周坚强说。

“行，今儿我还真佩服你了，待会甲鱼都是犒劳你的。”戈六对周坚强说，我和陈述在一边儿认真地听着没说话。

对于周坚强这么赤裸裸的坦白，我一直都很欣赏，能适时地抓住机会，能聪明地把比他更聪明的人的东西学到手，一直是他的长处。

“对了，你那理想什么时候才实现啊？”我吃着饭突然想到了周坚强刚才说的那个“炮楼”的伟大理想。

“呵呵，娶了沈老师之后，就觉得三生有幸了，还要那么多花花姑娘干嘛！”周坚强嬉皮笑脸地说。

零伍

人红总是是非多，这句话放在周坚强身上实在是再合适不过了。

绯闻的事情过去没多久，又有一部电视剧《那些岁月》跟周坚强杠上了。电视剧的原作者是周坚强很早的朋友，电视剧在电视台一放，各大媒体就热闹起来了，说这电视影射了周坚强和程烈的陈年旧事，这下可不得了了，媒体整天对照着那些片段挨个儿采访当事人、当时知情人和不知情的人，一副不弄个明白昭告天下就枉为中国娱记的正义模样。

我这几天看报纸看得也被吊起了胃口。我专门儿让小保姆给

我买了套碟回来，我得看看这电视剧里演的究竟是什么，能引起这么大的火。

花了两天时间，我把电视剧从头到尾看了一遍，倒没觉得整个电视剧都在影射周坚强和程烈，只不过电视剧里有两个主角的个性可能是取材于他们俩的，时不时地言行举止也有模仿他们两个人的意思，反正让我觉得有些眼熟。

再看媒体的报道，记者纷纷把焦点集中在了电视剧里周迎那段儿“发家史”上，说是影射了周坚强和程烈之间的恩怨情仇。 也不知道这标题是谁起的，怎么两个大男人的故事非要带着点儿“琼瑶”的味道呢。

我看我有必要把电视剧里的这段儿“发家史”跟大家伙儿聊聊。

情景一：主人公周迎、程岩的相识

周迎之所以能认识程岩应该要感谢自己的领导。

1988 的一天，周迎的领导正悠闲地看着一本儿小说，不时还会心地一笑，周迎一看就知道是本儿好书，偷偷地站在了领导后面看着。那时候的周迎还是一个小美工，在领导的提拔下，为不少片子做过舞美设计，在那个行当里也算是小有名气。不过，周迎可不想一辈子干舞美，总想着自己将来也能干一番大事业，所以有事儿没事儿就跟着领导跑，跟领导聊聊理想和人生，看看有没啥机会。

周迎就一直站在领导身后这么看着，时不时也被小说里的语句弄得心里痒痒的，一下没憋住笑出了声儿。“吓我一跳，你站在我后面干嘛啊？”领导扭头看到了周迎。

周迎赶紧抓着机会和领导说：“写这本儿书的人你认识吗？”

“认识啊！是我哥们儿！”领导说。

周迎一脸喜出望外的表情说：“领导，您给我介绍一下儿吧，我特想认识他。”

小说的作者是程岩，当时已经在文坛鼎鼎有名，以飞扬跋扈的文字在文坛里确立了怪才的地位。周迎认识他的小说，应该还不只是认识，是崇拜，对于他的很多部小说，周迎都能到倒背如流的程度，只是碍于当时周迎的地位，他压根儿没机会认识程岩。

“没问题。”领导当即打电话给程岩约了时间，在燕京饭店一起吃晚饭。周迎激动地谢着领导。

“这是多大一事儿啊，都是哥们儿。”领导不屑地说。

晚上，周迎早早地到了燕京饭店，这样的见面他是说什么都不能迟到的。

等程岩和自己的领导走进包房的时候，周迎已经给两人要了花茶，恭恭敬敬地坐着了。他们进来的时候花茶不凉不热，泡制的时间刚刚好。周迎赶紧给他们一人端上一杯。

“周迎，我来给你介绍一下，这是程岩，文坛奇才，其他的就不用我介绍了吧。”领导说，“这个是我的手下周迎，现在在做舞美设计，不过很努力，很用功，以后的发展舞台可是很人啊。”

“程老师，您好，您好！以前只能看到您的大作，不想今天还有机会见着本人，真是荣幸。您当之无愧是文坛的奇才，开创了程氏语言，并且观察视角敏锐，常写常新，看您的作品就是一种享受，特别值得我们后辈学习！”其实周迎和程岩的年纪差不多，但是在艺术造诣上，程岩当之无愧是前辈，周迎的这番话让程岩很是受用，虽然一听就听出来是在恭维，可真找一位不爱听好话的主儿还真难。

程岩原本就不大的眼睛笑成了一条缝：“哪里哪里，共同进步共同进步。我这个人就是听不得好话，人家一夸我，我就觉得浑身不舒坦。”

周迎也懂事儿，一听就摸清楚了程岩的脾气，接着说：“我那哪儿是在夸您啊，我也就实话实说。其实吧，从咱们中国文学史的发展轨迹上看过去，百十来年总会出现这么一两位，恨民族不争气，看谁都不顺眼，就非要弄点抱负弄点理想在作品中……所以也是见怪不怪了。前 50 年出了个鲁迅，差不多也是你这么一脾气。”

这下程岩对周迎是刮目相看，夸奖能夸得这么有水准，那也不是个一般的主儿。程岩有种相见恨晚的感觉，开始热情起来，在酒桌上话也多了起来，一口一个“小周”地叫着，不把周迎当外人。

这顿饭，周迎埋单，程岩和领导都吃得很满意，这周迎和程岩的交情也就这么建下了。

见面餐吃完后，周迎可没有消停，这好不容易建立的感情还

得抓紧时间巩固。他三天两头儿去看程岩，一口一个程老师地叫着，直把程岩叫得脸上红扑扑粉嘟嘟地心情舒畅着。

其实恭维归恭维，在这之前周迎也确实喜欢程岩的书，有好几本都差不多到了倒背如流的程度了，所以和程岩聊起文学也是一套一套的，很有一番自己的见解。再加上自己干了几年电视剧、舞台剧，专业上也不输人，程岩也很喜欢和他聊天儿，一来二去两人就成了哥们儿，这也为后来周迎干上了编剧埋下了伏笔。

情景二：周迎翻身做主人

1989 年，机会终于垂青周迎了。

“周迎，电视艺术中心的孙晓飞托我给他们攒一个喜剧，你最近有空吗？有空的话一块儿来弄，我们这儿大概还有三四个人一起。”这天早晨，程岩的电话打给了正在吃早餐的周迎，“你的文学功底这么长时间我也略有了解，在我的影响之下，应该没什么问题。”程岩笑着。

周迎嘴里塞着半拉馒头，赶紧点头道：“有空，有空，您说什么时间让我过去就是了。”

程岩的电话让周迎激动不已，毕竟要从美工转做编剧，就像是要从裁缝变设计师一样，那是质的区别，周迎的心里何止是乐开了花，都要长出大树来了。

没过两天，程岩就把大家集中到宾馆里，开始讨论本子，一起来的还有马有财，程岩的文学编辑，以及苏凯等三个当时的剧作家。因为周迎从来都没做过编剧，所以这次一共25集的本子，程岩只要求周迎写一集，算是练个手，剩下的由其他几个人来分，最后由程岩来统筹。电视剧编剧一栏的名字也是按着程岩在最前，周迎在最后这么排着。

“现在拍喜剧不容易，既要讽刺，又必须是当代题材。说浅了观众不爱看，说深了又怕捅娄子，本子肯定过不了。所以我们整个本子只触及社会问题，不涉及体制问题，要善意地讽刺时弊。”程岩给大家定了个主体的调子，大伙儿便开始工作了。

周迎当时深得程岩语言风格的影响，可以说几乎是在模仿程岩的语言风格下推着自己往前走的，这让他写起剧本来得心应手。

周迎因为只写一集，所以最先完成了任务，剩下的时间都在

听大家讨论剧本，有时候还帮着其他人执笔，都是一些老作家了，好偷懒。周迎也不嫌弃，为这些前辈级的人物们大事儿小事儿地忙活着，一脸勤奋好学又吃苦耐劳的样子，深得在座老师们的喜爱。大家努力了不到20天，每个人手里的活儿差不多都完了，本子交给周迎，让他腾抄整理，然后再给程岩统筹。

谁知道，过了两天，周迎哭丧着脸和大家说："我昨天家里有点儿急事儿，赶着回去，又怕耽误了弄剧本，就把剧本装在了包里想着带回家也能写，没想到丢在公交车上了。"

周迎的一番话，让几位作家的脸上都挂上了汗珠子。

"电视中心钱也花了，宾馆房间也给我们租了，我们时间也搭进去了，你一句话丢了，这怎么弄啊？"程岩当时一听就发火了。

"我回去找来着，可是那公交车司机和售票员都说没见着。"周迎焦急地冲大伙说。

大家你看我我看你，一句话都没说，急得火烧火燎的。

"你们看这样行不，我再重新写一份儿，前面那份腾抄的就剩两集了，我抄过基本上也忘不了，我再按那个写出来，最后再让程老师把关。”周迎看着各位。

“那也只能这样了，但你得弄快点儿，电视艺术中心那边儿已经在催了。”程岩说。

等周迎在家花了一个多星期把剧本弄出来的时候，各位大作家早就已经忙自己的事情去了，这个事情被他们搁置在了脑后。

周迎把剧本交给程岩看，程岩边看边说：“还行，基本是符合了原来的意思，你还真没白看我的书，语言风格跟我如出一辙啊。”

程岩看完剧本，就挂电话给马有财他们，问最后的名字顺序怎么署，没想到这些大作家却异口同声说，剧本最终也没用自己的那份儿，都是周迎后来又重新写的，不知道质量怎么样，自己也不想花那个时间看了，就不署了，光写程岩和周迎就行了。 那时候的作家们应该没去想后来这部电视剧究竟会有多火。

就这样，电视剧播出的时候，编剧就由原来的四五个一下子精简成了两个——程岩和周迎。

谁也没预料到，这部电视剧播的时候在国内创下了从来没有过的高收视率。除了电视剧里的演员成名之外，也让编剧周迎在影视圈里一夜成名。

本来这样的情节也没啥，但是在《那些岁月》的后半段儿还有一段这样的情景：程岩意外得知，当时让周迎腾抄的剧本并没有丢，而周迎只不过是按照剧本重新抄了一遍，中间加进了一点自己的创作，而得到的结果便是这部引来万人空巷的电视剧，让编剧程岩和周迎红遍大江南北。当时的程岩已经够红了，所以好处便让周迎一个人给占了。这也直接导致了程岩和周迎后来关系的恶化。

媒体每天要挖掘真相的就是这段所谓的“周迎和程岩的恩怨情仇”。

事实上，我知道，周坚强和程烈的认识确实要归功于他的领导孙晓飞，和电视剧里的第一段儿差不多。孙晓飞通过一个偶然的机会介绍程烈和周坚强认识，当时周坚强确实特别敬重程烈，后来在程烈的带领下，步入了编剧的行列，并沿袭了程烈很多的文字和叙事风格，并且我也承认直到现在周坚强电影的语言和路子还有着程烈的影子。

至于电视剧里的第二段，一起攒的那个喜剧应该就是前不久还和戈六他们说的那个《杂志社》。不过电视剧中所谓的他们交恶内幕我确实不方便评价，因为那时候我还没和周坚强认识，而在认识以后的日子里，周坚强也从没和我说起过。

“坚强，你看到这几天关于那个《那些岁月》的报道了没？”这次轮到我问周坚强了，媒体总是喜欢拿他出来说事。

“嗯，看了。”周坚强说。

“那他们那么说你和程烈交恶，你也不回应一下啊？”我问周坚强。

“那是我和程烈之间的事情。自从他去美国之后，我们就联系得很少了，人会变，环境在变，事业在变，所以可能没办法像原来在一起并肩作战的时候那么亲密无间，但我还是很关注他的一举一动，这不是媒体说交恶就交恶的。”周坚强说，“再说，现在媒体可能是冲着我来的，我也不想把程烈无端地卷进去，我越解释这个事情越说不清楚，还是别理它为好。就当是免费为人家电视剧做一回宣传吧，现在电视剧赚个钱也不容易。”周坚强现在的心态是越来越豁达了，要是搁在前几年，以他的脾气就非要和媒体争个你错我对出来不行。

零陆

不管后来大家是不是疏远了，周坚强以前和程烈的关系的确要好，我和周坚强能谈上恋爱，大半的功劳也应该归功于他。

虽然《痴男怨女》的散伙儿饭上，周坚强的道歉让我把心里和他的疙瘩解开了，不过对这个巨能侃的人，我还是没什么好感，所以自打那顿饭之后，我和周坚强没什么合作，私底下也一年多没啥联系，直到 1993 年。

我记得那是一个秋天的晚上，之所以记忆这么深刻，是因为我脑袋里莫名其妙地印刻着那天我在人艺的宿舍楼里满楼道来回跑着晾衣服的情形，是好多件白色、粉色的衬衫和裤子，想来应该是初秋。

我当时正在水房洗衣服，人艺宿舍楼道里的电话就响了。因为手机还不普及，所以平时这个电话旁边总是站着人，一个接完了另一个就接，电话被等着的人围得满满当当的，所以电话铃声一般都不会超过三声儿。可那天就奇怪了，我在水房听着电话都响了七八声了，愣是没人接，因为是个周末，可能宿舍的人都出去逛街了，我想。我甩了甩手上的泡沫，不急不慢地走到楼道中间拿起了电话。

“喂，您好，您找哪位？”我一边在围裙上蹭着手上的泡沫儿，一边问。

“麻烦您，我找下沈雪。”对方从油烟嗓子里挤出几个简短有力的字儿。

“不麻烦，我就是。”我在电话这头儿说。

“嘿嘿，你绝对猜不到我是谁？”对方笑得很狡诈。

“你是周坚强吧！”虽然一年多没联系，我和他也只见过两次面，可一听那声音，我的脑子里还是一下子就冒出了“周

坚强”这三个字，速度之快让我自己都很难理解。

“你怎么知道是我给你打电话呀？ 太神了，我记得我没和别人说过要给你打电话的事儿呀！”周坚强在电话那头肯定也惊讶得张大了嘴巴。

“你找她什么事儿呀？”周坚强还是那么贫，我没接他的茬儿。

“也没什么事儿，就是想约她出来坐坐，聊聊天儿，我现在就在隔壁的华侨大厦呢。”周坚强说。

“那行，你在华侨大厦的大堂等她吧。”我说完就挂上了电话。

水房里还泡着一大堆衣服没洗，我挂上电话又回到水房，一件一件地洗起来。 我在洗衣服的时候习惯洗完一件晾一件，所以那天整个楼道里空空荡荡地就看着我系着个围裙，跑来跑去地晾衣服。

等我到了华侨大厦大堂的时候，已经是一个小时以后了。

“不好意思，让你久等了。 你打电话的时候，我正洗着一堆衣服，活儿干到一半儿不干完我心里膈应，所以就洗完了才来。”我干完活儿随便套了件衣服就来见周坚强了。我记得当时应该是穿了一条灯芯绒的背带裤，又宽又大的那种。我两手插在口袋里，裤脚儿在脚踝处荡过来荡过去，像个打鱼的姑娘。

“你还真行，就不怕我走了呀，洗了这么长时间。”周坚强看着我说。

“你刚才不是在电话里说找我没什么事情嘛，就聊聊天儿呗，走就走了，反正也不是我要找你聊。”我满不在乎地和周坚强说。

“嘿，你看我这事儿找的。”周坚强一脸的无奈。

“对了，你告诉刘青我在这里等你啊？”周坚强问我。

刘青是个优秀的演员，当然更重要的是我的闺密，聪明得跟个人精似的，也是一个敢作敢当的主儿。我不记得我和刘青是怎么认识的了，好像和我们的兴趣有点什么关系，她是正儿八经的北京戏曲学校学京剧专业的，反正当时我们认识的时候也是一种相见恨晚的感觉，然后一下子就无话不聊了。刘青在圈子里的人缘很好，跟很多人的关系都不错，合作的、没合作的都有。

“没有啊！ 我今儿还没见过刘青呢！”我有点儿纳闷儿，“再说，我们见面聊天儿有什么不能告人的秘密呀？”

“不是不是，我刚刚在大堂等你的时候，刘青跟着张建他们一帮人冲我走过来，见面就和我说‘你等沈雪呢吧！’我当时就愣了，居然一个多小时里发生了一连串这么神奇的事情，头一遭是你一下子就听出了我的声音，后面又是刘青看了我一眼就知道我在等你。 我都觉得是不是有人在我的脑袋里装了什么秘密武器，把我的想法都直接播放给广大人民群众了呀！ 这可了不得啊，那些不好的想法在我脑子里打打转还行，都让大家知道了还了得。”周坚强争辩着，看样子确实有点儿摸不着头脑。 不过，我确实也不知道为什么。

“你最近脑袋做手术了？”我问周坚强。

“没有啊！”周坚强说。

“那不就结了，谁给你安什么秘密武器啊！ 别瞎想了，你就准备站在这儿和我聊天儿吗？”我问周坚强。

“得，把正事儿给忘了。 我们干脆也去找刘青他们吧，他们去饭店的地下室歌厅唱歌去了，人多热闹。”周坚强说。

那时候的周坚强和现在不大一样，现在整天围着电影转，一个是没时间，一个是关注他的人太多，他现在总喜欢一个人安安静静的，可那时候的他特别喜欢热闹，也不管是生是熟，见了热闹的地儿就想往上凑。有个关于他热闹的段子还是后来陈述讲给我听的。

“那时候周导考到我们文工团，就是他去当兵前待的地儿，和谁都不熟。有一天他路过我们宿舍，看着很多人在里面聊天儿，一派热闹的景象，他就站在没口儿说：‘我是新来的，叫周坚强，看你们这儿挺热闹，玩儿得挺高兴，我能加入吗？’”陈述和我说，“我们就是这么认识的。”

“他还真不认生。”我说。

“对呀，不过我觉得周导那么多喜剧里，肯定有一些是这样在热闹里和别人聊出来的，这样才有生活嘛，要不一个人天天闷在家里，不喜欢和别人说话，哪里来那么多可乐的事情呀！”陈述说。

我也不知道有没道理，先点头附和着。

“那好吧！”听了周坚强的建议后，我跟着他一起去地下的歌厅包房找刘青他们。

“吆，你等的时间可够长的啊！ 没看出来这么有耐心！”刚进门儿，眼尖的刘青就看到了周坚强，爽朗的声音还没等她站起身儿来就穿过一片歌声传了出来。

“哦，也没有。”周坚强知道刘青说他在大堂等了我一个多小时，结结巴巴地不知道说什么好。

刘青压根儿没听周坚强在说什么，自己说完后，就抱着我，用手摸了摸我的脸蛋儿，然后奸诈地笑起来。 周坚强看着我们，眼睛瞪得老大，只觉得刚才提议来这儿好像不是一个正确的决定，也不知道刘青还要问出什么话来，再不敢和我们聊下去了，赶紧 溜烟儿钻到包房里男人喝酒的那一半儿去了。

“你怎么知道周坚强在大堂等我啊？”我坐在刘青旁边，凑过脸去问她。

“瞧他脸上洋溢着那幸福的微笑我就知道是等个女的，能在这儿等的，90%都是在等人艺的美女，而住在人艺的就那么几个单身女性，我一想就是你！”刘青人精似的笑着，瓜子脸的下巴磕越发尖了。

“就你精！ 都快赶上福尔摩斯了！”我笑着推搡了下刘青。

我把脸儿转回来的时候，正瞥见周坚强边和那帮男的喝酒，边顺道抓紧机会往我这边儿看，八成是想听听我们在说什么。 我看了周坚强一眼，也没言语，点了几首歌儿唱了起来。

“一条大河，波浪宽……”

那个晚上在歌厅里，周坚强一句话都没和我说上。

唱歌唱到夜里十一点多的时候，我和大家告别，说要提前回去。

“我先送你回去吧！”我没拒绝，总算是给了周坚强一个和我聊天儿的机会，也算是没白费他在大堂等我一个多小时的辛苦。

“我不太喜欢熬夜，所以就不想唱了！”我和周坚强说。

“哦。”周坚强说。 他还想问点儿什么，可犹豫了半天也没问出来。

华侨大厦离人艺很近，没说几句话，我就到了。

人艺宿舍的大门儿已经锁了。 “你怎么进去啊？”周坚强看着门上那把大锁。

“没关系。”我带着周坚强绕到后门儿，后门不高。

“那我进去了啊。”我和周坚强说完，蹭一下儿就爬上了院门儿，翻进了院子，看来小时候练的功是没白练，现在还身手敏捷，把惊呆了的周坚强留在了身后。

讲到这儿，程烈还没出场，这足以见证，没有程烈，我和周坚强的关系的确没能有突飞猛进的发展。

零柒

唱歌后的第二天下午，周坚强再次到人艺找到了我，这次和他一起来的还有程烈。

周坚强和程烈到我宿舍的时候，大概是下午五点多，我正在宿舍里收拾东西，两人就那么径直走进来了，也没客气。

“晚上一起吃饭吧。”周坚强一进门儿就和我说，感觉我们像是认识十多年了，特别熟。

“今天啊？ 今天不行！”我一边擦着地板一边和周坚强说。两人在我墩布扫过的地方，左抬一只脚右抬一只脚地躲着。

“为什么不行啊？”周坚强问我，觉得我拒绝了他好像有点儿不可思议，程烈在一旁看着没吱声。

“我晚上得去小剧场看个话剧。”我停下了手里的活儿，握着墩布，站直了身子，看着两个大老爷们儿一边儿跳着脚躲我的墩布一边约我吃饭，场面甚是搞笑。

“什么话剧啊？”周坚强还是不死心。

“《老人与海》。”我说。

“看那玩意儿有什么劲啊，和我们去吃饭吧。”周坚强说。

“跟你吃饭有什么劲啊！”我回着周坚强，也不管他乐不乐意，“我再过半个小时就得走了，不招呼你们了啊！”说完我拿着水壶去了水房。

从水房打了水回来，周坚强和程烈干脆从站着改成了坐在椅子上。

“你们怎么又坐下了呀？ 我可得准备走了啊。”我和他们两个说。 我就是这样的性格，不管你是谁，我怎么想就怎么说，从来不喜欢虚伪客气。

“这样吧，我们顺路先把你送到小剧场，然后我们两个再去吃饭。”这时候，程烈开了口，周坚强在一边儿消停了，看着我不说话。

“不用了，我骑自行车去，你们只管去吃饭。”我和程烈说。

“你这是干嘛呀，我们请你吃饭你也不去，顺道送你你也不答应，把我们当什么人了？”程烈的语气强硬，脸上也挂不住了，听着好像是生气了。

我一看，觉得气氛好像有点儿不对了，就说：“那好，一起走吧。”

我的语气软了下来，跟他们两个人一前一后地下了楼。

我走在前面，两个人在我身后嘀嘀咕咕地不知道说了句什么，反正声音很小，没准备让我听见。 到大院儿里的时候，周坚强快步赶了上来，开了车门儿。

当时他们两个开着一辆红色夏利，周坚强开车，程烈自个儿

先抢了个后排，我就只好坐在副驾驶位置上了。

车子从人艺拐出来，经过青年路、美术馆大街，沿着大路一直往东边开。可小剧场不是应该往西走吗？我心里犯嘀咕。

“小剧场不是从这条路走的呀？”我扭过脸儿和周坚强说。

“我们没说要带你去小剧场啊！”周坚强直直地看着前方，说话没啥表情。

“你们怎么这样啊，不是刚刚在人艺还说是顺道带我去剧场的嘛，现在这是在绑架吗？赶快停车。”我气急败坏地冲周坚强嚷嚷道。

“停车是不可能了。”周坚强面不改色心不跳地说，说话的工夫，车子离市区越来越远。

“那我跳车了！”我威胁周坚强。

“你要敢你就跳吧。”周坚强连看都不看我一眼。

我扭头看了看程烈，他正微闭着眼睛，稳如泰山地坐在后排，好像没准备要替我说什么好话。

“哥哥，求你了，我真的想去看话剧，明天我再请哥哥们吃饭还不成吗？”我看情况暂时没办法逆转，索性软了下来。

这句话好像对周坚强起了作用，他嘴巴先是微微张了张，好像就要答应我似的，但终究没说出来，回头看了看程烈。程烈微闭的眼睛睁了睁，看了下儿周坚强，没说话，也没表情，但是从眼神儿里我能看得出来意思好像很坚决，给了周坚强一个信号。周坚强看在了眼里，信心百倍地扭回头来再也不说话了。

“你们就开吧，就是把我拉到饭店，我也不会进去吃饭。”我气愤地和周坚强说，这句话从我嘴巴里说出来的时候，好像已经到了破口大骂的激烈程度，我自己都被吓了一跳。

车子里顿时安静了下来，程烈继续闭目养神，我窝在座位上没再说话，周坚强只顾着开车往前走，我看得出来他不像程烈那么镇定，有点儿心虚，一路开车再没敢出声儿。

大约开了一个多小时，周坚强终于把车子停了下来。

我往外一看，“长工坊”刺眼的霓虹灯在这个偏僻的地方夸

张地闪着。

我记得那阵子好像特别流行吃这个，光听听“长工坊”这名字就知道是一帮忆苦思甜的主儿开的。饭店里的座位都不是一般的椅子，而是东北农村的大炕，一进饭店就得脱鞋上炕，弄得都跟一家人似的亲热，吃的也不是什么山珍海味，都是窝窝头、贴饼子，说白了就是以前长工吃啥，饭店就提供啥。别看那时候大家好日子没过上多长时间，但是一个个都装得跟大鱼大肉有仇似的，没事儿就爱跑到这种地方吃这个“忆苦饭”，好像大家都特盼望回到旧社会一样。“长工坊”在北京开了好几家，可周坚强他们那天偏偏就选了离市区最远的一家。

下了车，天已经完全黑了下来。“长工坊”前面后面都只是宽阔的公路，唯独这儿弄了个饭店和小院子，跟哪儿都不挨着，我刚才在车里积聚的气儿一下子就泄了，这前不着村后不着店儿的要怎么办，我心里想着。

就在这个时候程烈说：“既然都到了，不如一起进去吃饭吧。”

我想了想，实在也没有更好的办法了，黑着个脸儿走进了饭店。

说来也奇怪了，我刚一进门儿就看见刘青和张建他们一帮人也坐在炕上吃饭，和昨天在歌厅的人差不多。

“巧了，你们怎么也在这儿啊？”我冲着刘青他们那桌子人说。

“吆，你们也来了？”刘青寻着我清脆的嗓音，看到了我身后的周坚强和程烈，又露出了她惯有的聪明过头的微笑。

我都怀疑周坚强是不是提前知道刘青要来这儿吃，才故意要来的。你想，经常让你的朋友见到你和一个人在一起，以后这个人要是有点儿什么意图也算是提前做好了铺垫。不然事情怎么会这么巧。

“你们不会是和周坚强商量好的吧。”我在刘青耳朵边儿问。

“谁和他商量啊！”刘青回了我一句。

“你们两个说什么呢，我们也要听。”张建他们在饭桌上起哄。

“女人的话，你个大老爷们参和啥。 行了，你们继续吃吧，我们进去了。”我说完和周坚强他们向饭店里面走了进去，另开了一桌。

落座之后，周坚强叫服务员拿来了菜单，放在我面前。 我没言语，也没动。 周坚强一看服务员还在旁边儿等着，也不好干坐着，自己做主点了一大瓶二锅头和一堆菜。 虽然见到刘青让我刚才的气儿已经消了一半儿了，但我还是面无表情地看着他们两个，想着他们要怎么收场。

“我先向沈雪认个错儿。”菜和酒端上来的时候，周坚强盘腿坐那儿给我鞠了一躬，“可是我必须得声明一下儿，你说要去看戏，本来我都打算自己去吃饭了，可程老师给我分析说，如果我今天不能约你吃饭，估计以后就约不到了，所以我衡量了一下儿，才和程老师一起使出了这个计。”周坚强说完，给自己倒了一碗二锅头，哐当一下儿仰脖儿喝完了。

我没说话，看着周坚强。

“后来看你在车上真急了，我就有点儿心软了，可回头看了眼程老师，他一副镇定自若的表情，我想他不反悔我也不反悔，然后就没停车，一路把你拉到这儿来了。”周坚强接着说。

程老师在一旁听着不干了，“坚强，你不厚道啊，怎么把事儿全推给我了。”

“再者，我得谢谢沈雪陪我们吃饭。”周坚强没理程烈接着说，逻辑还挺清楚，“对了，你怎么就同意和我们吃饭了呢？”周坚强边问我，边又灌了自己一碗酒。

“都这么晚了，这儿离市区又远，我一个人回去也不方便，再说即使我回去了，戏也开场了，我还是来不及看了。我看你们也不是什么坏人，索性进来和你们吃饭算了。”周坚强的一番话都让我有点儿不好意思生气了，我和颜悦色地和他们两个说。

“嗨，吓死我了，你不知道，我都已经做好准备了，想着你就等着车停下来，然后也不管是哪儿，下了车甩门儿就走人。我在路上想了无数遍这样的情形了，我想那样的话，我们的关系估计也只能就此打住，我也没脸再见你了。”周坚强说。

“你在沈雪宿舍里预谋的时候好像没把这点儿算进去啊？”程烈揭了周坚强的底儿，看来周坚强还真是有准备而来。

“程老师，面子，要注意面子。”周坚强用手在自己脸上比划着，我分明已经感觉到他好像有点儿醉意了。“其实我今天找你吃饭，是我昨天晚上想了一宿的决定。昨天在歌厅吧，我也没怎么和你说上话，可是我又想着要把我们的关系突发猛进地发展一下，能再上一层楼，想来想去就觉得大家一起吃个饭，然后迅速把关系搞得庸俗化是最好的办法了，所以这才硬要把你叫来，你可得体谅我一片苦心啊！”周坚强说着喝了第三碗酒。

我正在琢磨周坚强的话呢，就听见对面传来“砰”的一声。我定睛一看，周坚强倒在了炕上，他居然用三碗酒把自己给放倒了，在我们刚进饭店十多分钟，菜还没吃一口的时候。

“坚强永远都是酒胆比酒量大好多倍。”程烈说，“别管他了，等我们饭吃得差不多的时候，他应该就能醒过来了。”

我听程烈这么一说，实在是忍不住了，哈哈大笑起来，刚才的气儿完全消了。

这顿饭就成了我和程烈两个人的饭局，周坚强则在炕上舒舒服服地睡了一觉。

第一次，周坚强约我聊天儿，结果没说上一句话；第二次，周坚强约我吃饭，他又是还没吃就把自己给灌倒了。 我边吃边乐，开始从心里觉得这个周坚强可爱起来。

吃完饭要回去的时候，周坚强果然从昏睡的状态中醒了过来，不过酒意还没完全褪去。 我扶着周坚强出了饭店的门儿，和刘青他们告别。

“你们谁，谁一定要把我妹妹送回家啊！”周坚强拉着我的手，挨个儿嘱咐着刘青桌上的那帮人。

“好，好。”大家边笑边答应着周坚强。

周坚强站都站不稳，我和程烈好不容易才把他弄到车上。 程烈开车，周坚强和我坐在了后座上。

其实周坚强并没有办法坐着，酒意还没褪去，他浑身上下都是软软的。 一路上，周坚强就半躺着，把脑袋放心地枕在我的腿上，我用右手给他托着。 只要车子稍微有点儿不稳，周坚强就含混不清地说自己想吐。 我赶紧抱着他的头给放到窗边儿，生怕他吐在了车里，可他像“狼来了”一样，没一次要吐的。 后来，不管他说什么，我都让他这么躺着，一路枕着我的手回到了城里。 等我回到宿舍的时候，胳膊还是麻嗖嗖的没缓过劲儿来。

第二天一大早，我刚起床就接到了周坚强的电话。

“那个，昨天实在是对不住了。其实我只记得我进去喝了几碗酒，然后跟你道了歉，剩下的一点儿不记得了，后来的事儿还是今天早晨程烈告诉我的。”虽然隔着一根儿长长的电话线，我还是能听得出周坚强的歉疚之心。

“没事儿，你好点儿了吗？”我问周坚强。

“好多了。”他说。

“以后少喝点儿，那么喝会喝坏脑子的。”我说。

“程烈说，我枕了你的手一个晚上？弄疼你了吧？”周坚强有些不好意思，“我想着我那么欺负你，硬把你拉去吃饭，我喝醉了你一定得趁机打击报复我。”

“你别把别人都想象得跟你一样心胸狭窄，我想着你们也不是什么坏人，就是想一起吃个饭嘛。看你安排了一个晚上，可到最后连饭都没吃就把自己给灌醉了，我觉着还挺可怜的。”我也不知道自己哪来的那么多怜悯之心，反正要是换成个一般人，我估计恨都来不及呢，哪还会心生出那么多可怜啊！

“呵呵，我就知道你看我也不会和一般俗人看我一样喽！ 我们的关系多不一般啊！”看我态度缓和下来，周坚强来了精神。

“什么就不一般了？ 你可别蹬鼻子上脸的啊。”虽然嘴巴上不饶人，不过我心里倒也没反感，笑着挂断了电话。

零捌

日子一溜烟就过去了，我这心里偶尔还在琢磨和周坚强的这两次见面。 一个月后我们就又在机场遇上了。

“沈雪！”因为时间还早，我拉着行李箱正在机场转悠呢，就听见那个熟悉的油烟嗓子挤出来沉闷的两个字，穿过人群到了我耳朵边儿，回头一看，还真是周坚强在大老远的地方叫我。

“你是文化人嘛，咱就不能有点儿素质，不要在公众场合大呼小叫的？”看着周坚强朝我走过来，我忍不住揶揄道。

“在看见你之前，我还一直都维护着我文化人的形象来着，可一见你，我就刹不住闸了，你也不能那么忍心就让我看着你的背影离去而保持沉默吧！”周坚强浓重的眉毛下面一双细细的三角儿眼笑得眯成了一条缝。

“行了，你是走到哪儿贫到哪儿，还没问你上哪儿呢，你不是也要去金鸡奖吧！”我故意眯起了眼睛看周坚强。搭这趟班机的大部分人都是去金鸡奖的颁奖典礼，我已经在机场大厅里看到好多熟人了。

“为什么你们都能去我就不能去金鸡奖呢？你看，你又从责骂我改成轻视我了，我觉得这样特别不友好。”周坚强说。

“那怎么样才算友好呢？”周坚强的话总是很逗，怪不得我一见他就没脾气了。

“你看我的。”我还没反应过来，周坚强拉起我的手就要给我演示。

“张建，这是我女朋友啊！霄哥！真巧，这是我女朋友。”周坚强拉着我的手在机场大厅里到处和要去金鸡奖颁奖晚会的演员介绍，一副强买强卖谁都不怕的无耻嘴脸，“刘青？你也在这儿，这是我女朋友啊，你们可得给我作证。”周坚强是越说越有精神。

我被周坚强拉着哭笑不得，还没等我来得及跟上一个人解释呢，周坚强早就已经把我介绍给了下一人儿，我索性由着他说，机场大厅里顿时一片热闹。

闹得时间差不多了，大伙嘻嘻哈哈地过了安检，准备登机。

按着登机牌，我和霄哥坐一块儿，周坚强坐在我斜后面的位置上。 大家刚坐下，周坚强就拿着登机牌走到了我们这排。

“霄哥，你看咱俩是不是换个位置，你看我女朋友坐你旁边我这心里不大放心，您这心里肯定也过意不去。”霄哥冲周坚强诡异地笑着，连说“好、好”，然后把登机牌也一起换了。

周坚强一脸得意地坐在了我旁边儿，看了看我，不住地说：“你看，还是自己的这个位置好。”

“这儿什么时候成你的位置了？ 我什么时候成你女朋友了？你也不问我愿不愿意啊？”我看着周坚强那幸福洋溢的表情，觉得特别的逗。

“这还用问啊，我正式通知你，从现在起，你就是我女朋友了。”周坚强说，一副强扭的瓜就是甜的样子，自我陶醉着。

我没再搭理他，让他一个人高兴着。

飞机开始起飞了，我闭上了眼睛准备睡觉。

“你要睡觉了？ 不听我说话了？ 能睡得着吗？”周坚强问我。

“不知道能不能睡得着，但特别想睡会儿。”我闭着眼睛和周坚强说。

“那我给你讲个故事吧，保不其能当摇篮曲，就和小时候你妈妈给你讲故事一样。”周坚强边说，边把舷窗上的隔板给放了下来，我眼前的亮光一下子都没了，暖暖的温度、暗沉的色调，这会儿还真适合好好地睡上一觉。

“从前，山上有座庙，庙里有个和尚……”周坚强开始压低了声音讲故事。

我原本想要睡觉的蒙眬状态一下子被他搅没了，扑哧一声笑

了出来。“你给三岁小孩儿讲故事呢？这个故事我听了几百遍了，不能编一个新的啊？”我转头和周坚强说，他正一脸严肃地投入在自己的故事中。我的余光瞟到了后排的霄哥和刘青他们，大家都没睡，正半耷拉着眼睛看着我们，不想错过好戏，可是又有点儿不好意思，一个个脸儿红扑扑的，好像比当事人还羞涩。这帮兄弟姐妹还真不厚道，我想着，重新把脸靠在了椅背上。

“我写的故事都太好，要是讲个新的你没听过的，你哪还能睡得着啊，一准儿打起了精神要听到结局才罢休，我这是为你考虑呢！”周坚强说。

“好吧，那你继续讲吧。”我重新闭上了眼睛，周坚强把自己身上的皮外套脱下来盖在了我身上，我没有拒绝，蜷缩在外套里，感觉很暖和。

“从前，山上有座庙，庙里有个和尚……”周坚强又从头儿来了一遍。

“从前，有个人见人爱的小姑娘，喜欢戴着祖母送给她的一顶红色天鹅绒的帽子，于是大家就叫她小红帽……”

“从前，有个渔夫，他和妻子住在海边的一所肮脏的小渔舍里。渔夫每天都去钓鱼，有一天，忽然，钓钩猛地往下沉，沉得很深很深，都快沉到海底了。等他把钓钩拉上来时，发现钓上来一条小金鱼……”

周坚强讲故事的声音越来越低，我在他的故事里沉沉地进入了梦乡，梦里面我回到了小时候，妈妈拿着一把蒲扇坐在床边儿给我讲故事，一个接着一个，直到我甜甜地睡去，妈妈才会停下来。

我觉得这一觉睡得特别甜特别温暖，等我再次醒过来的时候，发现周坚强正用他的小眼睛聚精会神地看着我。飞机再有 20 分钟就降落了。

“睡着了吧，是不是梦到你妈妈了？”周坚强笑着说。

“你怎么知道的？”我惊讶地看着周坚强。

“刚才你睡觉的时候笑得特别甜。”周坚强傻呵呵地乐着。难道我睡着之后，周坚强就一直这么看着我？我有点儿不好意思地伸了个懒腰，坐了起来。

下飞机后，大家一起到了酒店，然后就各自回房间休息了，等待第二天晚上的颁奖典礼。

像金鸡奖这样规模的电影节，其实更像是一个电影人的聚会，很多平时见不着的朋友都来了，大家穿得光鲜亮丽地热情地打着招呼，询问着各自的近况，能不能获奖对于大多数参与的人来说都不是最重要的，毕竟每年的奖项就那么几个。

颁奖典礼进行了将近三个小时，我并没能最终获奖，不过倒是也没有影响我的心情。这次来之前，我就没抱太大的希望。典礼结束后，大家各自回到酒店休息，因为第二天便都要回去了。

叮铃铃，我刚回酒店卸完妆，洗了澡，房间里的电话就响了。

“你睡觉了吗？出来走走吧？”周坚强说。

“是失意人安慰失意人吗？”周坚强这次参加电影节也是空手而归。

“就算是吧。”周坚强说，可我听着他的声音不像是带着忧伤的样子。

“那你在酒店大堂等我吧。”我说。

我简单扎了个头发，换了身儿便装就到了大堂。

“这次的速度让我有点儿意外啊，刚刚过了十分钟。”周坚强说，我知道他是一直没忘记第一次约我出来等了一个多小时的经历。

“不习惯的话，我再回房间坐一会儿好了。”我说。

“千万别，那样我不得少见你一个小时啊！”周坚强边笑边和我往外走。 虽然身处南方，可初冬的夜晚还是有点儿凉意，迎面的风吹到了我的毛衣里，我不由自主地打了个哆嗦。

周坚强把外套脱下来披在我身上，我没拒绝。

“你看你也没得奖，我也没得奖。”周坚强边走边说。

“嗯，那怎么样呢？”我等着周坚强把这半截子话说完。

“怪难过的，你看我们是不是应该自己安慰自己一下。”周坚强说。

“我没看出来你难过啊。”我仔细打量了一下周坚强，除了眼睛里不知道在想什么事情有点飘忽不定之外，还真看不出来和平时有什么不同，“你想怎么安慰啊？”我问他。

“我想让你做我的女朋友，用我们的爱情来安慰彼此。”周坚强停下了脚步，没想到平时那么大大咧咧的人还能说出这么温柔的话来。

“你别拿我开玩笑了，拿我开涮也不一定能安慰你呀。”我说。

“我是认真的，我想和你谈恋爱。”周坚强特别认真地和我说。

“你真的是认真的？”我看着周坚强的眼睛，他的眼神中已经没有了刚才的飘忽不定，换上的是自信和坚定。

“是。 当然，现在这只是我一相情愿的想法，我在征求你的意见。”周坚强说，“还有，在你答应之前，我还有一些事情要和你说清楚。 第一个，我现在还有妻子，但是我们之间其实早就没什么感情了，婚姻也是名存实亡，离婚是迟早的事情。”周坚强说。

对周坚强的家庭我不是特别了解，只从戈六那里知道，他的妻子好像是在医院工作，听说长得不算漂亮但很贤良淑德。

“还有第二个事情，我有一个女儿，今年两岁了，一直是她妈妈在照顾。我也顾不上。但是女儿对我来说很重要，即使以后离了婚，孩子和她妈妈一起生活，我们之间的感情是割不断的，这个你要有心理准备。”周坚强说。

“女儿多可爱呀！”听到孩子，我就来了精神，插话道。

“她确实很可爱也很乖，只是我平时工作太忙，没时间和她在一起。不过，她是赶上了我这个好爸爸，不然现在就不会这么聪明可爱地活蹦乱跳了。”

“为什么？”我问。

“她一出生就和别的婴儿不一样，医生告诉我说，她有点儿先天的缺陷，是腭裂。”周坚强说。

“腭裂？那个严重吗？能不能治？”我对腭裂是什么都一点儿不知道。

“医生当时和我说完孩子的情况后，就说如果那时候选择不要还来得及，医院可以给我开证明，生第二胎。”周坚强说。

“可那是活生生的一条小生命啊，怎么能说不要就不要呢。”我瞪大眼睛，口气里满是焦急。

“你别着急嘛，听我说。后来我就问医生腭裂对孩子有什么影响，医生说虽然腭裂能通过手术修复，但是孩子太小，做手术她不会配合，只能等长大了再做。可是小时候不做手术，给她喂奶会受影响，要加倍小心，不然很容易会被呛到，她的发音可能也会受影响，比如说，‘叔叔’，会说成‘呼呼’。”周坚强说，“我当时想喂奶的这个事情只要大人多受点儿罪就不成问题，至于发音，要‘呼呼’就‘呼呼’吧，说不定今后还能成为思想家呢。”周坚强总是能用很幽默的话把复杂的事情给化解了。

“那后来呢，后来怎样？”我问周坚强。

“后来，她一岁半的时候，我就带她去做了手术，现在恢复得非常好。看来以后不光能成思想家了，说不定还能成个语言学家之类的。”周坚强冲我笑笑。

看着周坚强眼睛里对于女儿的怜爱，我觉得周坚强在我眼里似乎不再是一个只会调侃的大男孩，而是一个浑身上下都是责任感的男人了。

“所以，我要告诉你的就是这两个事情，你看你能不能答应？”周坚强说着又回到了刚才的主题上，我只顾关心“女儿”的事情，刚刚竟然把那茬儿给忘了。

我没有回答周坚强的话，一个人往前走着。这几次和周坚强的见面的情形浮现在我的脑子里。

答应还是不答应？我心里犹豫着。答应吧，我算是第三者插足；可不答应吧，我心里确实还是挺喜欢这个男人的，他的幽默感确实让我很着迷，每一次的见面总能让我乐上好多天，有时候想想他的表情和说话，自己都会偷偷地笑。而刚才听完他说女儿的事情后，又让我增加了一份对他的好感。

“你说你们夫妻感情破裂了？你要离婚？”我走了好长一段路，突然扭过脸儿来和周坚强说。周坚强正低着头跟在我后面走，保持着大概半米的距离。周坚强不是单身，这是让我犹豫要不要答应他的问题，至于他还有个女儿，我倒是丝毫不介意。

“对，婚是肯定要离的，我不会骗你，这个和我对你的感情完全没有关系。”周坚强的口气很坚定也很诚恳。

“行，那我答应了。”我骨子里好像的确是一个敢爱敢恨的人，认准了就去做，也没想着其他七大姑八大姨的会对这个事情怎么看。

“那咱们说定了。”周坚强高兴地说，“这是我来金鸡奖拿到的最开心的奖了。”

“什么奖啊？”我还没反应过来。

“终生相爱奖啊！”周坚强很兴奋。

我和周坚强的恋爱就这样在一种极其理性的状态下展开了，看起来像是谈判，没什么浪漫的气息。不过好在——到现在看来——我们当晚给对方互发的这个奖杯还熠熠生辉，行情看涨。

零玖

和我谈恋爱之后，周坚强的事业也开始步入了一个新的轨道。他要从幕后跳到台前，从编剧转行干导演了。

1994 年，周坚强、程烈和都林三个人攒了 10 万块钱，注册了一个“好梦成真”公司，单从公司名字上看，几个人就够实诚的，把自己的那点儿想法都放在了这名字上。

还记得那是 1994 年夏日的一天，周坚强从外面风风火火地回来说：“刚走到胡同口的时候，程烈给我打了一个电话，说要攒一个影视公司，方案都想好了，这会儿正等着我去开会呢，把这事儿给定下来。”

“有准儿吗？”我问周坚强。要开公司，要么自己投一笔钱进去，要么就是找到能投资的人。因为当时个人弄的影视公司还不像现在这么多，谁也不知道开了以后会是一个什么样子，没有经验可以学，所以还是有一些风险的。

“我们马上就开会，不然你也一块儿去听听，帮我出个主意。”周坚强抓起桌子上的凉水杯咕咚咕咚灌了一肚子水，拉着我就出了门儿。

那时候正值盛夏，天气热得要命，可周坚强还是坚持穿着布满口袋的厚裤子，头发虽然已经从机车头改成了短发，可又加了一顶五角帽子。虽然我都替他觉得热，不过这样的装扮看上去是一片春意盎然，正符合他当时的心境。那时候的周坚强在孙晓飞的提拔和程烈的带领下，已经风风火火地从舞美设计成为了著名编剧，创作出了不少好本子。但是周坚强远远不满足于此，他想做的是像赵英雄和卓非凡那样的大电影导演。赵英雄和卓非凡算是当时中国电影导演的领军人物了，他们拍的《酒坊》、《戏子》等片子都在国际上获过大奖，那时候他们都是周坚强的偶像。

“你们可来了。我们公司的主线是这样。”周坚强和我到程烈家里的时候，都林早已经在那儿等着了，程烈正拿着根儿烟，在客厅里来回地走。我还一脚跨在门里，一脚跨在门外的时候，程烈就迫不及待地开始说了。

“我们公司首先要把全国最有名的作家都收罗过来，掰着指头算也不过就十多个，当然这个事情包在我身上，我和他们都熟悉，然后把他们小说的影视改编权买下来，花不多，一人几千块最多几万块就能搞定。接下来就拿着他们这些本子挑，好的本子我们就让周总自己拍，觉得不大好的，我们就高价出售这些小说的影视改编权给其他影视公司，你想，我们拍的要是放在电视台的黄金档，那剩下的什么午夜档、上午档之类的，不也还得有电视剧播嘛，所以这些个小说肯定也会有人买。等我们把好的本子拍成电视剧，我们就卖首播权，再卖二次播出权，一集那得多少钱啊！要是电影就更好了，一部的票房就能收个几十万几百万。你想，全国就那么些个好的作家都集中在我们这儿了，那好的电视剧和电影还不也得都集中在我们这儿呀！所以各大影院各大电视台都得抢着要我们的片子。至于都总剩下的事情就是等着收钱吧！”程烈狠狠地抽了一口烟，把脑子里赚钱的路子倒了个底儿朝天，好像已经有作家在那儿了，好像已经有本子等着挑了，也好像已经有无数家影视公司在眼巴巴地问我们要我们捡剩下的剧本了。

程烈的一番言论说得在场的几个人个个热血沸腾、摩拳擦掌，异口同声地附和着“那是、那是”。 特别是程烈在海阔天空地说的时候，还不忘口口声声地叫着周总、都总，公司还没开，就让周坚强和都林腾云驾雾起来。

而当时的情况是，国产影片生产下降 50%，观众人数下降 60%，票房总收入下降 35%，发行收入下降 40%，电影观众人次以每年 10 亿次的速度锐减。 很多原来拍电影的主儿都纷纷转向电视剧，竞争得沸沸扬扬。 但程烈、周坚强、都林三个人可不管，呼扇着翅膀就冲进去了。

“等我们影视公司办好了，我们就不用这么每天改剧本拍电视了，光是卖出去我们 30% 的股份，那就是几千万呢，也够我们几个人下半辈子的了，前途不可估量啊。”一部戏还没拍，一分钱还没赚，大家就已经被程烈几千万的利润说得乐得合不上嘴。

于是，“好梦成真”公司凑了 10 万块就风风火火地开业了。

程烈任董事长，周坚强任总经理，都林任财务总管，别看都是官儿，可各自下面都没有下属可供领导，全公司就三个人，领导也得擦桌子打水扫地分报纸。

“好梦成真”公司的办公室就是一个套间，客厅的墙上挂着营业执照，好像把公司经营的项目都列了上去，除了主营影视策划制作之外，好像还有什么广告、公关等等，洋洋洒洒地写了好几排，乍一看让人觉得以公司的业务范围来看到不了全球500强也得是国内500强。 但是仔细一看，营业执照的最后竟然还写着“烟花爆竹除外”，这几个字彻底把我原本想要的对这些优秀的多才多艺的人的崇拜心情给一扫而空了，感觉公司不过是一个杂货铺，而且还是一个光能卖点儿吃的但不能卖烟花爆竹的杂货铺。

我之所以有这样的印象，倒不是我怀疑程烈的写作才能、周坚强的导演才能、都林的财务能力，只是他们这个公司，从哪个角度看都充满了幽默感，总是让我联想起一些无关紧要的东西。

开业的当天，简直就是一个盛大而隆重的聚会，影视圈的各界名流，包括导演、演员、编剧、剧务、音响灯光什么的，还有商界奇才，国有私有企业老板，大公司经理小公司秘书，齐聚一堂，就连政界和司法界也看在程烈的面子上派代表参加了当天的聚会。 除了没有露背的礼服和满场的西装领结之外，我觉得简直和“金鸡奖的颁奖盛典”一样，甚至是有过之而无不及。 当然，到场的大部分影视圈和几乎全部影视圈以外的嘉宾，都是看在程烈的面子上来的。 由此可见，当时的程烈，这个文坛怪才，确实已经能在影视圈、作家圈、商业圈等多个圈子里，跨界发展呼风唤雨了。

“好梦成真”公司的地界儿还真不算大，参加开业典礼的各界名流只能一个个端着酒杯，优雅地在拥挤的人群中走来走去，因为人多，他们总是侧着身子惦着脚尖儿，生怕酒杯里的酒不听话溅到别人身上，场面乱糟糟的，一派热闹。

剪彩之后，周坚强他们还充分发挥了一下自己的聪明才智，特意安排了一个重要的仪式，就是“摸奖”。 奖箱放置在公司门口的大桌子上，“奖品”是周坚强他们为了筹办公司购置的各式各样的办公设备的发票。 “摸奖”环节的规则是谁摸到了多少数额的发票，谁就要捐给公司同样数额的钱，也就是说你不能光说一句“恭喜开业”就没事了。 当然因为公司的办公设备远不如来的嘉宾数量多，所以奖箱里还有很多空白的票。 我边在现场忙活着，边看着这些来宾，总觉得他们喜笑颜开的后面藏着很多悲苦，可是不能说又不敢说，于是一个个镇定自若，像是在赴鸿门宴。 我想着自己都能笑出声儿来，我真是很佩服周坚强他们的点子，一套一套地弄得人都没辙。

后来，“摸奖”的过程果然很激烈，谁不幸中了奖，大家都会报以雷鸣般的掌声，特别是周坚强和程烈他们。 好在来的不是名流就是大款，对于这点钱也不会太计较。 头等奖最后被一个财大气粗的大老板摸到了——一张4000块的发票，那是给程董事长买的大老板桌的发票。这次“摸奖”名正言顺地为“好梦成真”公司赚来了第一笔收入。

壹拾

“我们要开始弄一个电视剧了。”“好梦成真”公司成立以后，周坚强就忙活起来了，全国的作家并没有按着程烈的想法儿签进来，公司先挑着程烈的小说开始改编本子，反正程烈可供拍的作品也很多。于是，在不愁本子的情况下，周坚强大部分的时间就是到处见客，去找投资人给公司投钱拍片儿。那时候公司的运作模式是程烈的笔加周坚强的摄影机，然后三个老总再一块儿出去忽悠拉钱。

“什么片子啊？”我问周坚强，那是他们公司成立以后攒的第一部电视剧。

“《闲来无事》，讲的就是一帮闲人，闲来无事，但还有着远大的理想抱负，想要改变社会风气，立志要用吹捧之功把社会弄得一派美满。”周坚强说，“没有多么高深的立意，就是弄一部特别浪漫的都市喜剧。”

“呵呵，听着是挺逗的，一看就是你们的风格，不会都是拿自己说事儿吧。”我一听片子的内容就想到了周坚强他们平时的生活，“本子出来了吗？”

其实从《杂志社》开始，周坚强幽默的语言就已经开始在电视当中显现了，虽然这样的语言风格应该属程烈原创，但是周坚强的聪明就在于能把程烈的优势吸收并在电视中进一步放大，所以他说要攒喜剧，我对他还是很有信心的。

“还没弄，不过等我本子弄完了，你肯定是第一个审判官。”周坚强说。

“好啊。”那段时间我没接别的戏，就在人艺排一个话剧，工作比较轻松，空余时间很多。

本子还在酝酿的时候，周坚强和程烈就已经拿着这个构想到处找投资了。

“呦，真巧，您也在这儿。”一天，我和周坚强正在街上溜达，对面走过来一个四十多岁的男的。这人头顶上已经秃了一大片，但穿得西装革履，脖子上还挂着条金链子，那个年代能挂条那么粗的金链，怎么也算得上是财大气粗了。

“哎，周导，好久不见，好久不见。听说您最近弄了个公司，业务还行吧?”男人把夹在右胳膊下的公文包换到了左胳膊下，伸出右手和周坚强使劲儿握着。自从周坚强和程烈他们的公司成立后，周坚强在外面的头衔就正式从周编剧变成了周导。

“嗨，我们这都是小打小闹，哪能跟您的企业比呀！”周坚强和男人寒暄着，看样子这男人应该是个企业家什么的。

“大家都一样都一样，我现在是觉得把摊子弄得太大了，累啊！”企业家一脸愁容。

“哎哟，那您得注意点儿身体，您要是有什么事儿，那可是国家的损失啊！像您这样的人才，一年得给国家创造多少利润。不往多了说，就是再过五年下来，您这公司要是宣布哪天晚上集体联欢放个烟花什么的，就得把北京城给惊动了。”周坚强说得是面不改色心不跳，我在一旁绷着脸不敢乐。

“这怎么讲？”企业家认真地问。

“您想啊，只要您一开口，旗下的子公司在各自的地盘上放起烟花，眼看不到一袋烟的工夫，烟花就能从石景山，途径中关村、跨过天安门、直奔长安街，此起彼伏，一直闪到了东五环。您说北京城上空都被烟花遮盖了，能不把京城都给惊动了吗？”周坚强越说越带劲儿，好像烟花已经开始燃放了一样。

“那什么昌平、顺义啥的，没有？”企业家是越听越认真。

“那是您给北京城留了面子，先在城里待着，留下京郊一带，好歹也给别人留条活路不是。”周坚强的伶牙俐齿这时候算是真正派上了用场。

刚开始接触周坚强的时候，我还挺反感他这么能“侃”，总觉得太“贫”，说什么都不着调，可自从谈了恋爱之后吧，我才发现那是周坚强的幽默感，我听着他和别人在那儿侃大山，怎么都觉得是种享受了。心想，幸亏当时没把他这个优点给抹灭了，现在自己就像是捡了一个大便宜似的。

“呵呵，真是、真是，得给别人留条活路。哎呦，我现在马

上得去请一部长吃饭，您给我留一电话，回头我再找您好好聊聊。”企业家笑得嘴巴都不知道往哪儿合了。

“哎，您忙您的，请部长是大事儿。”周坚强把自己的电话留给了企业家。

“唉，现在吃饭都成了我的负担了，特别不想每天这么赶局。”企业家十分痛苦的样子。

“是是是，那您先忙着，我就是搁这儿看见您了，跟您打个招呼。”周坚强说着挪步子和企业家告了别。

“嘿，你还真行啊，吹捧都不带打草稿的，出口成章啊！”等企业家走了，我和周坚强说。

“唉，我这不是给现实逼的嘛。一来我们这个剧本就是写一帮闲人要让吹捧之风盛行起来，我这也是体验生活先，二来，你瞧见刚才那位了吧，北京城鼎鼎有名儿的企业家，保不其一高兴就能给咱的电影投上个几百万，这种人你说不得给他伺候舒坦了呀。”周坚强说得是句句在理儿，这溜须拍马的活儿到他这儿愣是给弄成了为事业做出的巨大牺牲。

“得，什么事儿到你嘴里都变得高尚起来了。”我说。虽然这样，但我心里却是在为周坚强为了自己的事业能屈能伸的那份儿劲儿而感动。

周坚强高中毕业后，因为自己的美术功底考进了文工团，做了舞美设计，后来又逮着个机会去参军，转业后才进了北京电视艺术中心，算是刚刚和这个圈子沾了个边儿。但周坚强进去的时候就是一个美术设计，在里面算是起点最低的了，和道具啥的都是一个级别。能在短短几年内成为一个导演，确实不容易，没有心里的那一份执著和理想是万万不能的，我想。

傍晚，我和周坚强正要往家走的时候，周坚强接到了企业家的电话，约着晚上吃饭。周坚强挂完电话，冲我呵呵直乐："我看这下有戏了。"

过了两天，周坚强和我说："你猜怎么着？"

"什么怎么着啊？"我让他的半截子话弄得莫名其妙。

"《闲来无事》的投资拉到了，本子出来后立马就能开拍。"周坚强兴奋地说。

"怎么这么快就拉到了呀？是谁投的呀？"我问。

“嘿嘿，就是那天我和你在街上遇到的那个企业家。”周坚强说。

“这事还真神了！”我说。

“你都不知道，就那天我在街上给他打了那个长长的招呼，外加那天晚上的一顿饭，那企业家当场就答应给我投钱，边填支票还边觉得自己像是捡了便宜一样，笑得合不拢嘴。”周坚强得意地看着我，眼睛笑成了一条缝儿，“当然，那天晚上的饭还是企业家做的东。”

我笑着看了看周坚强没说话，心想着，可不能让他太得意，呵呵！

壹拾壹

“你这就和周坚强爱上了呀？”这天下午，刘青突然到人艺来找我，前几天她的一部电视剧刚杀青，最近她都闲着，一走进院子，刘青举着清脆的嗓音大声儿地嚷嚷起来。

“我说你就不能小点儿声啊，到处都是人！”我在刘青的胳膊上掐了一把。

“哎呦，真疼。你说你谈都谈了，还怕我说。你沈雪啥时候做事情有害怕过？”刘青诡异地笑着。

“那当然，我不是怕说，只不过，现在毕竟周坚强没离婚，

所以我可不想大肆张扬。”我说。

“你们什么时候开始对上眼的？ 那次在歌厅？”刘青问我。

“没有，那次连话都没说上一句。 我也不知道怎么就看上他了，不过确定关系是那次去金鸡奖颁奖典礼。”我说。

“我说后来回来的时候怎么找不着你了，你们两个是不是在那儿多待了一天。”刘青问我。

“嗯，第二天我俩又留在那儿玩了一天，没和大部队一起走。”我说。

“周坚强算是捡到了，就他那长相，能让你这个美女动心，也不知道是用了什么伎俩。”刘青有些纳闷。

“我也觉得挺奇怪的。 说实话，他长得还真不好看，脸上就是一高鼻子还能勉强算是优点，但鼻头也有点儿大，剩下的什么三角眼、大嘴巴，还带点儿龅牙，实在是找不出一点儿好看的地方。 他好像也没跟我说过什么甜言蜜语，我俩连确定恋爱关系都搞得和谈判似的，他说他还没和妻子离婚，但要离，问我能不能同意，我这心里一想就答应了。”我和刘青说。

“那现在他老婆知道了吗？”刘青问我。

“周坚强从金鸡奖一回来就和他老婆说了，他老婆也没跟他吵，但就不同意离婚，周坚强暂时也没办法。”我心里虽然有点儿无奈，不过那时候正跟周坚强谈恋爱谈得火热，还没想着要结婚的事情，所以也就任这个事情这么拖着了。

“嗯，这块儿骨头不好啃，你自己得想明白了。光是外面的风言风语，你自己就得有点儿准备。不过，能遇见一个自己打心眼儿里喜欢的人也不容易，所以不管你做啥决定，我都支持你。”

刘青的话给了我很大的鼓励。在这段关系里，我毕竟处于一个和道德相违背的角色上。刚开始恋爱那会儿，就怕看到别人异样的眼神儿，因为圈里人都知道周坚强是有老婆的。可后来想想，既然我们彼此真心相爱，总有一天人们会看到我们两个名正言顺地幸福生活在一起，人们总是希望有情人终成眷属，我的心才渐渐地放宽。

天已经完全放亮了，太阳升得老高，偶尔还能听到远处鸭子的叫声。一旁的周坚强还在呼呼地睡着，半拉脑袋蒙在被子里，只有两只手窝在我的怀里，像是一个熟睡了的小孩儿。

我轻轻地把周坚强的手从我怀里拿开，给他盖了盖被子，下床漱口洗脸准备出门儿。等我收拾完出门的时候还不到七点，大部分人都还在梦中。人艺的排练时间是九点，我要在路上走将近两个小时的车程。

那些日子，周坚强的一个朋友在京郊给他租下了套院子，把他和程烈都接过来，说是要让两个人好好创作。而我也就每天晚上从人艺下班后坐将近两个小时的车到这里和周坚强约会，然后一大早在他们俩还在梦中的时候离开。恋爱的甜蜜让我感觉不出一点辛劳，偶尔在车上想着前一天晚上我和周坚强一起吃饭、一起玩闹的开心时光，还会一个人在公交车上傻傻地笑出声儿来。

不过，我在公交车上这样发呆傻笑的时间并不多，因为和周坚强的约会，我几乎把朗读背诵台词的工作都放在了来回将近四个小时的路上。用周坚强的话说就是："我进门和他约会的时候说人话，出了院门儿就得穿越到戏里念台词儿。"那时候我还没买车，每天搭乘公交车来回，想必是我在公交车上练台词的身影太引人注目了，一段时间后连售票员都记下我了，时常问我最近又在排什么戏，要演什么角色，弄得我怪不好意思的。

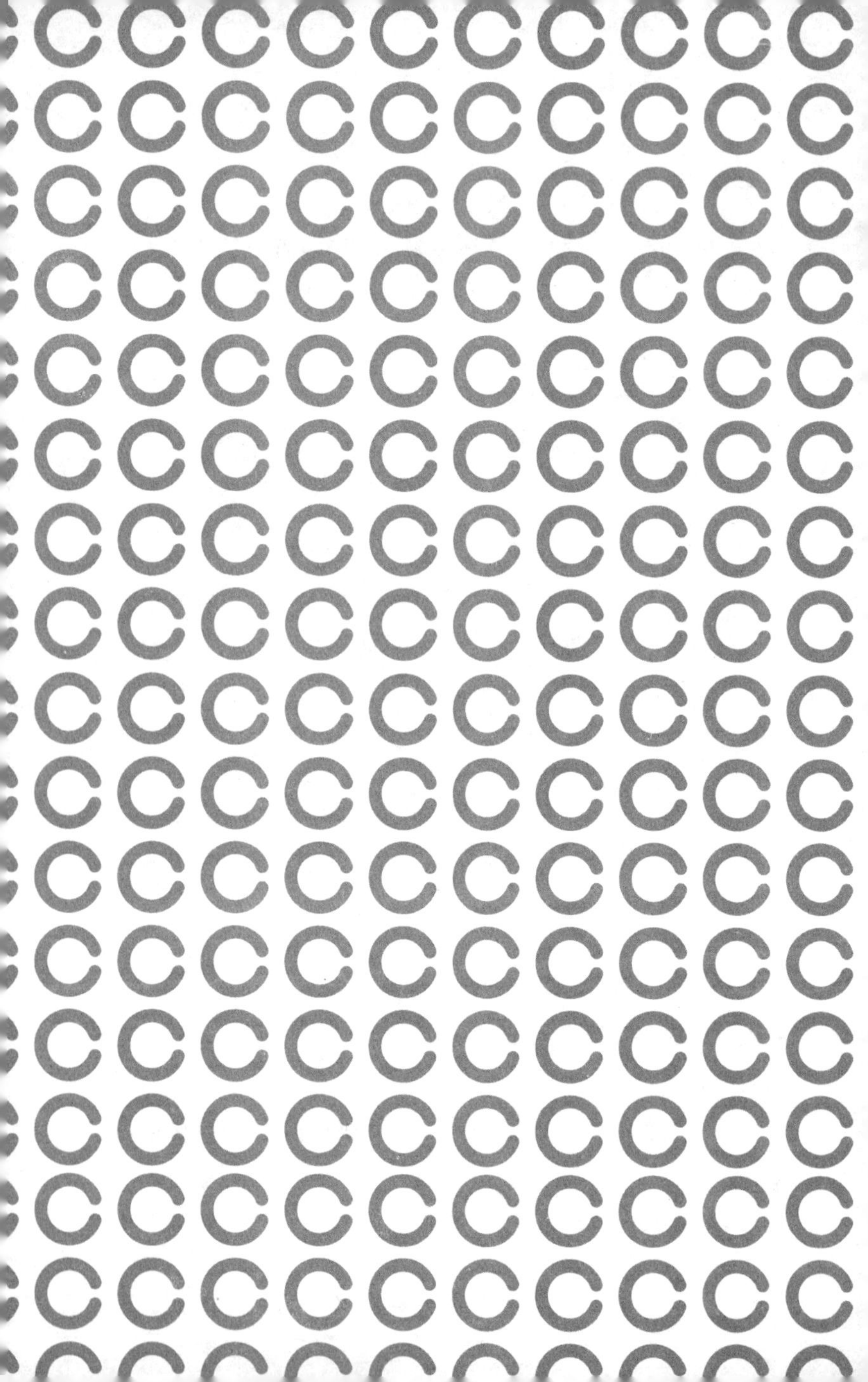

壹拾贰

周坚强为“好梦成真”公司拉到的第一笔资金里，有一大半都是公司作为承制方所应得的利润，揣着这笔钱，周坚强和程烈他们都特别兴奋，毕竟第一桶金就是好几百万啊。

“我说咱们拿这笔钱做点儿什么吧。”程烈趴在自己密室的床上首先开了口。

说是密室，其实就是程烈办公室套间里的一个小套间。之所以弄成密室，还得追根溯源到办公室装修的时候。

当时办公室刚刚装修完，周坚强就领着我到程烈的套间里

来：“你快看看，这个房间有什么不一样。”

我仔细环顾了一下四周，一张大老板桌，桌子上空空荡荡的，桌子旁边一把椅子，一个书柜靠在墙上，书柜里几乎都是程烈自己的书，还有就是一个会客的茶几和一个沙发，陈设相当简单。周坚强他们都是本着最大限度的节约但又看着还不能掉价的精神装修的。

“没什么不一样的啊。”我说。

“你真没看出来？”周坚强有点儿得意地看着我。

“我还真没看出来。”我不知道周坚强这葫芦里卖的是什么药。

“你看这儿。”说着，周坚强轻松地把原本靠在墙上的书柜慢慢移开了。

原来书柜下面装着轮子呢。等周坚强把书柜完全移开了，墙背后露出了庐山真面目，一个不到10平方米大的密室，放着一张看上去很舒适的床，还有一个床头柜和一个造型别致的台灯。

“啊？ 怎么弄了个密室啊？”我惊讶地看着周坚强。

“我们这是给程董事长专门儿弄的，要是以后业务繁忙了，说不定就有很多程董事长不愿见的客人来访，到时候我们提前通报，把程董事长往密室里一塞，谁也找不到。”周坚强说着看了看站在一边儿的程烈，程烈正为他们这个计谋得意着呢。

可这个密室的秘密也就维持到开业当天。 那天，周坚强和程烈两人带着大伙儿参观办公室的时候，就忍不住了，一个劲儿地让人家看这办公室有什么不同。 大伙儿左看右看都说猜不出来，两人脸上就乐开了花儿，给大家推开书柜，尽情展示着，密室也就成了明室。

再到后来，如果有人到办公室来找不着程烈，一定自己动手把书柜拉开了，看在不在里头，三弄两弄，书柜的滚轴就坏了，每次程烈进去睡觉都要自己从外面挪开书柜然后再从里面把书柜搬回去关上，每动一次总要弄个满头大汗。 后来，程烈索性把书柜下面的滚轴拆了下来，把书柜立在了别的地方。 密室也彻底成了明室。

“不是说拍电视剧的吗？”我正看着那个密室发愣，都总接着程烈的话开了口。 都林是财务总管，掌管公司的账目，一

般都很沉默，只有涉及钱的时候才开口。

“里面基本上是我们拍完电视剧后应得的利润，只有一小部分是他们对电影的先期投资，先寄存在我们这里的。我觉得我们先别把钱分了，反正也不靠这些钱养老，不如扩大一下利用价值，让这些钱去赚更多的钱。”程烈说着从密室里走了出来，“沈雪，你说是不？”

“我觉得程烈说得挺有道理的。”我说。

“那程老师你说我们干点儿什么好？”周坚强问程烈。

“公关！”程烈的两个字儿掷地有声。

“公关？我理解一下儿，程老师你看我理解得对不对。”周坚强想了一下说，“照我的意思就是公司拿这笔钱请人吃吃喝喝，吃得高兴喝得愉快了，下次没准儿就能成为咱们的投资人，但是也不能排除光是酒桌上热闹、人走茶凉的主儿，所以也还是有点儿风险的。”

“就是这个意思。”程烈说。

“那就行动吧。”周坚强和程烈热烈讨论的时候，都林一直没说话，只是脸上有点儿面露难色。 毕竟这些吃吃喝喝的钱都得通过他的手支出来。

程烈属于行动派，刚说完，就开始把自己的通讯录翻出来，挨个打电话约人了。

“李总，晚上八点有局吗？”

“嗨，我们能有什么事儿，就是想请您赏个脸吃顿饭呗。”

“行行行，八点在京都见。”

“彭总，好久不见，好久不见，晚上有空吗？”

“好啊好啊，那八点京都见。”

“麦总，有空晚上赏脸吃个饭？”

“哦，那行，您那边儿先聚着。 我们有的是时间，呵呵。”

程烈开始翻着通讯录找人，能扯上关系的通通给拉到一个饭局里。 那时候特别流行叫“什么什么总”，也别管他是不是真的开了公司，别管他公司到底有多大，反正开口老总闭口

老总地叫着，总是让对方听起来舒坦。 不过我想能在程烈这儿挂上“总”的，这来头应该小不了。

“人约得怎么样了？”周坚强问程烈。 一圈电话打下来，也半个多小时了。

“确定能来的有四个吧。”程烈说。

“行，那大家伙儿就等着八点到京都消费吧。”周坚强说。

随后，大家就在办公室里开始喝茶聊天。

看着墙上的挂钟指向七点的时候，程烈一声令下：“走！ 沈雪，你这美女得作陪，小林，你带上支票。”我们高高兴兴地，都林一脸悲怆地，就向饭店出发了。 我们做东，可别迟到。

这之后，周坚强他们几乎每天下午五六点就开始打一轮电话约人，实在没人的时候，他们就打电话给亲戚朋友，仿佛觉得这钱一天没花，公司的公关活动一天就没进步。

约的多了也有这样的情况发生：

原本四五个人的饭局，时不时添加进几个人来，大家把桌子从小桌换成了中桌再换成大桌，最后索性进了包厢，来客也都是一个认识的带着几个不认识的，都说是不好驳了周坚强或者程烈的面子，索性把自己聚会的人也带来了，大家一起聚。

包厢内倒是一派热闹，程烈和周坚强的段子一个接着一个，真正发挥了文坛奇才和优秀编剧的优势，这时候只有都林满脸的惶恐，因为最后埋单总得由他填写支票。

看着这种情况以燎原的态势发展着，后来，只要一听要请客吃饭，都林就借故有事不去了，让程烈或者周坚强拿着支票，恐怕是被这样胡吃海喝的速度给吓到了，我想。

壹拾叁

“《闲来无事》的本子弄好了吗？”正赶上周末，我坐在周坚强的办公室里，程烈和都林都在。“好梦成真”公司光是用第一桶金做“公关”就做了很久了，可剧本我一直都还没见着。

“你得问他。”程烈指了指周坚强说。

“唉，我这最近怎么总觉得脑子不好使，弄了两集出来，就再也没进展了。”周坚强一边挠头一边说，表情很痛苦。

那时候，程烈答应周坚强说，自己的小说，周坚强可以随便改，但是这中间程烈只管出主意的事儿，动笔的任务就交给周坚强了。周坚强也不挑剔，一揽子都包了下来。

“不是三四天就一集吗？”周坚强写剧本一般三四天就能出一集，这回都过去快两月了，他们的剧本还没出来。

“我也不知道这次怎么了，现在对着打字机一片空白，不知道要写什么。”周坚强说。

“利润都快花光了，不说电视剧，连剧本儿还没见到个影子。”都林小声嘟囔了一句，我坐得离都林最近，估计只有我听见他在说什么。

“反正你还是抓紧写吧，不然投资人那边儿肯定过不久也会催的。”程烈和周坚强说，并没理会都林在说什么。

“您好，总共消费 1280 元。”服务员推开门儿走了进来。

“来，过来过来，我来结。”饭桌上坐在程烈对面的一个朋友抢着和服务员说。

“这儿呢，这儿呢，怎么连个埋单的人都看不出来啊。”程

烈冲着服务员说，服务员尴尬地笑着赶紧走到程烈身旁，“没你们什么事啊，谁都别和我抢。”

“我和你们说啊，前两天听了个段子，特别的逗……”程烈边掏钱埋单边给大家绘声绘色地讲着笑话。讲笑话是程烈最擅长的功力，在不知不觉中针砭时弊已然成为他的一大特色。而在这个埋单的时候讲段子，也是程烈细心观察潜心研究的结果，为的是不让别人处于自己埋单的尴尬之中。

众人被逗得哈哈大笑，而大家的饭局也在友好的气氛中结束了。

这样的情景每天都还在继续，并没有因为周坚强写不出剧本儿而停下来。

自从“好梦成真”公司挣了第一笔钱后，就再也没让别人埋过单，程烈和周坚强轮流享受着连单了都不屑于看一眼的埋单的快乐。

请客请了快三个月的时间，有一天都林终于忍不住了。

“公司账上基本上没钱了。”没想到几百万的利润，也能这么快就挥霍完。都林板着一张脸，让程烈和周坚强感到了事情的严重性。

“本子写好了吗？”程烈问周坚强。

“还是那两集，怎么办？”周坚强哭丧着一张脸。在这之前，周坚强除了写《杂志社》外，还写了好几部电视剧，也是广泛受到好评，不知道这次怎么就写不出来了。

“那先建组，投资人那边儿也在催了，好歹也得和他们有个交待，你的剧本儿加紧点儿，这些天啥也别干了，在家好好写。”程烈命令到。

周坚强点点头没说话。

从那天起，周坚强乖乖地窝在家里写剧本，我们的见面地点也从办公室挪回了京郊的房子。

“怎么办，我觉得我的心散了，越写越没劲了。”有一天，我从人艺回来，周坚强满脸痛苦地和我说。他的脸色黑沉沉的，人也没什么精神，自从回家写剧本儿后，周坚强就再没出过家门儿。

“那你慢慢写，不要着急呀！”我安慰着周坚强，“不行的

话，你去找找程烈，看看他那儿有没什么灵感。”在此之前，周坚强已经写了四个剧本，有程烈的小说做底子，他对剧本的风格也是轻车熟路，照理说应该不是很困难，可怎么就在自己公司的第一部电视剧上掉了链子。

“可这不是快和慢就能解决的问题啊。我记得程老师以前和我说过，他刚开始写小说的时候，前三个中篇写得都很顺，然后就遇到了一个槛儿，怎么都不行了。这个槛儿过去了之后就又顺手了。我觉得我现在就是遇到了这个槛儿，怎么都不行，并且我在可预见的未来的无数的日子里，《闲来无事》的剧本也写不出来了。”周坚强痛苦地说。

“那怎么办？剧组都建了。”我问周坚强。

“我也不知道。我明天去和程老师坦白。”周坚强耷拉着个脑袋，一点儿主意都没了。

第二天晚上，我在家做好饭之后，周坚强才进了家门儿。

“怎么样？程烈怎么说？”

“程老师说，写不出来就放下吧，往最坏了想又能怎么样？大不了就慢慢给人家还钱呗。重要的是，我不能因此丧失了创作能力。何必非在一棵树上吊死。程烈让我换个东西试试，不行就弄他那个《无法继续》，他帮我一起写。”周坚强心里的石头放下了，顿时换上了一脸轻松的表情。

“嗯，那你就放下心来，好好调节一下。这部不行，咱们换下一部，别硬挤，就是挤出来也不会好看。”我说。

“好梦成真”公司的第一部戏就这么夭折了，除了享受了几个月埋单的快乐之外，留下的就是一个大窟窿口子等着周坚强他们去补。

壹拾肆

“沈老师，晚上我约了戈六、范老师来家里吃饭，你多做点儿菜啊，范老师可是点名说要吃正宗的‘周家菜’，保姆做的不行，你得亲自出手了。”半下午的，周坚强就给我打电话。

最近这几年，周坚强弄自己的电影工作室特别忙，平时不是在拍戏，就是出去应酬，要不就在外地出差参加活动，很少有空回家吃饭。不过进入2009年之后，不知道周坚强是不是感觉累了，也开始慢慢地在享受生活了，有空就会约着朋友一块儿来家里聚一聚。

范老师是周坚强对范中原的尊称，我也跟着周坚强一直叫他范老师。范老师也是文坛巨匠，是个不小的人物。不过他和程烈写作的风格不一样，他总喜欢以小人物或者社会底层人物入手，说的都是历史、民生、权力这些大问题。

周坚强下了“命令”之后，我就开着车到菜市场开始买菜。大概晚上七点钟，周坚强他们就到家了。

“沈雪，我们俩都好久没见了吧，这阵子在忙什么啊？”一进门儿，范老师就热情地和我打招呼。

“我这正忙着做家庭主妇呢，天天在家做‘周家菜’，您也不经常来尝尝。”我笑着和范老师说，一边招呼他们赶紧吃饭。

“范老师是个大忙人，不像我，有事儿没事儿就往你们家凑，如果没能提前来，到饭点儿的时候我就赶快在脑子里想个理由补救，为的就是这顿饭。”戈六笑得两个腮帮子都塌进去了。

戈六这人有一个优点特别招人喜欢，就是什么话都实话实说，从不隐瞒，即使是自己的缺点也能给你掏心窝子地说出来，可也怪了，那些缺点让他这么说出来之后，就变得很可爱了，好像原本就不是什么见不得人、要藏着掖着的。

“赶快洗手吃饭吧，今天可是做了好多你们爱吃的菜。”我和两位说。

“你洗过手了？”我和周坚强说，他用闪躲的眼神儿委屈地望着我，一看就是没洗，“赶快去洗。”我拉着周坚强到卫生间。

周坚强这个人在大事上从不含糊，特别是在自己的电影上一定是精益求精的，但是一到生活中，就变得跟个小孩子一样，只要你不看着他，他就觉得今天可以逃避不用洗手了，或者今天又可以不用洗头了，心里头为这点儿小事儿能乐好一阵子。 最近几年，他常常都在外面工作，很多时候我都照顾不上，但一回家我是不会放过他的。

我监督完周坚强洗手，招呼大家落座吃饭，边吃边聊。

“范老师，您和坚强认识都多少年了？ 这一眨眼的工夫好像已经过了很长时间了啊！”我和范中原说。

“谁说不是，认识坚强那会儿他才三十多岁，现在也都五十岁的人了，不容易啊！”范中原喝了口酒说。

“沈老师，你不能这么给范老师煽情，你不知道他有一个特别大的功力，别人一煽情，本来是想让他说点儿心里话，可他三下两下就让别人掏了心窝子了，说完还得痛哭流涕地跟范老师道谢，别待会说得你也哭了。”周坚强笑着说，“咱得换个路子，说点儿让范老师高兴的事儿，这样我们也不容易被套进去。”

“那什么事儿能让范老师高兴啊，我也听听，以后也能用得着。”戈六也来了兴趣，嘴里一边咬着蜜汁鸡腿一边说。

“你还不知道，最能让范老师高兴的应该是程烈，可惜他现在不在。”周坚强说。

“程烈？ 他有什么绝活儿能让范老师高兴啊？”戈六问。

“吹捧！”周坚强说。

“吹捧？ 吹捧谁不会啊！ 再说，像我们范老师这样一个文化名人，这样一个清高的作家，哪里需要你们去吹捧啊！”戈六说。

“嘿嘿，这你就不知道了。 吹捧是一门儿高深的学问，和范

老师谈‘学问’，他当然高兴了。”周坚强得意地说。

“那你给我们讲讲这学问是怎么回事？”戈六特别会配合周坚强。

“你不知道，十几年前，我和程烈他们刚成立公司的时候，不光天天得自个儿弄剧本拍电视，还得自己出去拉投资，弄得我们一帮子人愣是把溜须拍马这样高难度的活儿练得炉火纯青，甚至是有些走火入魔。好在直到现在我们也没发现一个不爱听好话儿的，关键是要看水平。”

“水平？”戈六不明白。

“对，水平也就是艺术。”周坚强接着说，“1994 年的时候，我通过程烈刚认识范老师不久，他和我们吃饭。来吃饭之前，程老师就给我打好了招呼，说今儿我们的目标就是范老师，要把他给伺候舒服了。你不知道，那时候我就只有一种学了一身武艺要赶快找地方施展的想法儿，所以每次都是程烈在前头开炮，我在后面帮腔。”

“那后来范老师舒服了吗？”戈六迫不及待地问，显然是对周坚强的吹捧功夫来了兴趣。

"嘿，别急，你听我说。 那时候确实是显出来程烈的水平了。"周坚强接着说，"范老师落座后，他不动声色地和我说：'坚强，你不写东西，你不知道我们这些写东西人的痛苦。 刚要写的时候吧，就知道这里头已经屹立着一个范老师了，怎么办，硬着头皮写吧。 眼看范老师就是一座山，想着不定啥时候，咱也能爬上山顶呢。 于是，爬啊爬，爬啊爬，好不容易气喘吁吁地到山顶了，心想这下能和范老师说上话了吧，再一看，范老师还是一座山，你再爬，范老师还是一座山。 坚强，有个成语叫峰峦叠嶂你知道吧，就说的是这事儿。'你们说，程烈这水平可够高的吧，转着弯儿、拐着角儿地夸你，还不让你不好意思。 这就叫艺术。"

戈六连吃都停下来了，咯咯直乐得前仰后合："人才，真是人才。 这还是夸别人呢，我这心里就开始舒坦了，那当时范老师心里是不是都乐开花了呀！"

"这还没完呢，更绝的在后面。 程烈说完又说：'有一个词叫绝望，坚强，你知道吧。'我点点头。 他接着说：'那就是给我们这些搞文字的人专门用的。 上帝不但把门关了，连窗子也不给我们留，所以我今天就在这儿夸一海口，要是写绝望，范老师可不一定能写得过我们'。"周坚强说。

"哎呀，太绝了，太绝了，这要是不叫一门儿学问，我都觉

得冤。 听了这段儿，我今天得多吃点儿，这心情叫一个顺畅啊！”戈六夸张地拍了拍肚子。

我在一旁忍着笑，给大家夹菜。 就连范老师都忍不住了，脸上笑盈盈的。

这顿饭以大家把桌上的菜肴一扫而光而宣告结束，每个人的脸上都洋溢着满足的微笑。

在遇到周坚强之前，我还真不知道“吹捧”能办这么大的事情，但是从我对周坚强观察的结果看，他们的吹捧从来都不会白费，“好梦成真”公司的第一桶金就是这么从企业家身上拉到的，虽然后来为了挥霍掉的这笔钱，“好梦成真”公司又花费了好大的力气去弥补。 所以，我相信他们那时候对于范老师的吹捧，也会在适当时候显出好处来。

壹拾伍

周坚强《闲来无事》的本子没有写出来，程烈便让他去觅个新本子来弄，从自己的小说里，或者从别人那里都行，总不要在一棵树上就这么吊死。

正在周坚强抓破脑袋四处扑腾的时候，范中原出现了，就好像是天上掉馅饼儿一样。

那时候，周坚强和程烈还住在京郊的那个大院子里。 周坚强习惯中午的时候才起床，而程烈则一直保持着文人的良好生活习惯，早睡早起，固定在白天工作。

我记得那天是个周末，周坚强醒的时候，阳光已经洒满了整个房间。因为我们住的是西厢房，所以那个时候应该已经是中午了。周坚强在床上踌躇了一会儿，想想自己今天起来要去哪里弄本子，然后又问了问我饭做好了没之类的话，才起身要到对面的程烈的房间里报到，顺便听一听程老师今天有没什么指示。

周坚强刚刚跨出去房门，探了下头又折了回来。

“怎么不去啊？”我问周坚强。

“程老师房间里有客人，我看着是范老师和另外一个人，在谈事情。”周坚强说。那时候的周坚强已经和范中原认识了，并且在程烈的指导下还跟他配合了一次，把范老师吹捧得舒舒服服。直到后来周坚强给我描述这段的时候，我还都笑得直不起腰来。

“哦，那先吃饭吧。”我让周坚强洗漱完，先把饭吃了再说。

周末的时候，我不去人艺排戏，就待在院子里给周坚强做饭、收拾屋子。

过了大约半个小时，范中原和另外一个客人从程烈的屋子里走出来，好像很匆忙的样子，并没有过来和周坚强打招呼。程烈把他们送到院子里，便转身回了屋，一头扎进几本剧本里，埋头看了一个下午，一点儿动静都没有，大概是范中原他们送过来的。

周坚强一下午都窝在屋里翻程烈的小说，翻来翻去也不知道要改哪一本儿好。其实周坚强对程烈的小说太熟悉不过了，很多本儿都能倒背如流。但是这时候没有程烈的意见，他就是不知道要从哪个下手。

傍晚时分，我听见程烈的屋子里有了椅子推地的动静，想来程烈是看完剧本，从椅子上站起来了。

这所京郊的院子非常古朴，屋子里铺的都是好像清代才有的大块地砖，现着藏青色，水滴上去，不一会儿就干了。摆设着的椅子也是那种重重的有四条铁腿儿的大方椅子，一碰就会在地砖上发出沉闷的声响儿。

果然，椅子刚一动，程烈的声音就传过来了。“坚强。”程烈说着就走到了我们屋里。

“这个本子你看看，《市井》，10 集，我看过了，觉得很

好，也很适合你拍。你先看看，如果行的话，马上动工，钱都已经到位了。”程烈把一个本子扔在周坚强的面前和他说。

“是范老师他们送过来的？”周坚强问。

“对，上午来的还有一个制片人，他管钱。”程烈说，“本来一个导演已经拍了两集，但是上面突然说不同意拍了。制片方跑去问，上面的答复是剧本没有问题，所以他们急于换一个导演。”

“是范老师的作品？”周坚强问程烈。

“是。”程烈说。

“好，我马上看，完了以后给你答复。”

这几天可把周坚强憋坏了，他拿着本子，通宵看了一晚上。

要搁平时，周坚强的阅读速度是很慢的。我每次接戏前，都会让他给我先看遍本子，提点儿意见，看是接还是不接。但是他总也看不完，我就得老和剧组拖着，搞得有时候剧组的人都在怀疑我是不是要大牌儿，我还真有点儿委屈。

可周坚强一个通宵就看完了《市井》，然后一大早跑到程烈的房门口说："本子一个字都不用改，马上拍。但是我有个条件，一切重头来，前面拍过的，我一集都不要。"周坚强很激动，像是久旱逢甘霖的那种。

就那天，程烈约了范中原和制片人，带着周坚强一起吃饭，几方对于周坚强的提议都没什么意见，《市井》就大张旗鼓地开拍了，这也成为"好梦成真"公司真正攒的第一部戏。

壹拾陆

之后，范中原又作为核心人物来了京郊小院儿一次，这次来是要和周坚强再次确立电视剧的核心灵魂。

“坚强，这个本子在你开拍之前，我还有几点意见和建议想和你说。”范中原的每次开场都像是一个领导来视察工作。

“好。”周坚强坐在范中原对面的椅子上洗耳恭听。因为周坚强的椅子比较低，他的个子也不高，所以他得抬头45度才能很好地和范中原交流。

“第一，我认为《市井》是一部反映小人物大事情的小说，

如果拍的是小人物小事情，我想大可不必拍。”

“嗯。”周坚强点了下头以示同意。

“什么是大事，什么是小事，我想对于普通百姓来说是相对的。苏联解体是大事不，是。涨工资、分房子是大事不，相对于苏联解体肯定是小事。可是咱们老百姓就关心这个，这些事情对他们来说也许就是天大的事，所以很多小事对于生活中的老百姓来说就是大事。《市井》讲的就是这些凡人大事。”范中原解释道。

“嗯。”周坚强再次点头表示赞同。

“第二，《市井》里的人物都是生活中最普通的，但是他们却代表了生活中的最大多数。他们动用自己全部的智慧来生活，面对的就是周遭那七八个人，什么国家领导、乡镇干部都和他们搭不上关系，只要那七八个人应付好了，他们的生活就顺畅了。”范中原的指导让我听着都觉得高屋建瓴，“所以，《市井》的重心一定都是那些小人物，如果要放到六处七部的大人物身上，我想就大可不必拍。”

“嗯。”周坚强一直保持着抬头仰望45度角，认真听范中原分析着。

“最后，我想，《市井》里的每一个人都是善良的，即使有时候他们做了一些什么事情，让大家看了不舒服，那也是他们为了自己的生存不得已而为之。所以《市井》的基调一定是善意的。如果把它拍成一部嘲讽的、负面的电视，我想也大可不必拍。”范中原用三个“大可不必拍”结束了在小院里对周坚强的指导。

后来，周坚强和我说，范中原的一番话仿若是自己在黑暗的导演生涯路上的一盏明灯，或者更确切地说就是一座灯塔，为他指明了方向。

如果说《杂志社》让周坚强作为一名编剧，在程烈创作风格的引领下，跨出了坚实的一步；那么《市井》则是周坚强作为一名导演，在范中原创作思想的影响下，在创作上走向成熟的一次飞跃。

这之后，周坚强开始找演员，建组，准备拍摄。

“沈雪，这次你来演女一号吧。”一天晚上，周坚强从外面回来和我说。

“怎么了，今儿不是去找女演员了吗？没谈妥？”我问周坚强。

“首先我必须得说，你演这个角色肯定合适，这也是程老师的意思。再一个，我们这部电视剧的投资就那么多，我就地取材，用你能省好多钱。你看，省下我的也就省下你的了。”周坚强和我说。

“谁说省下你的也就省下我的了呀。”我和周坚强开玩笑，其实心里早就同意了。一个是《市井》的本子我看过，对于范老师笔下的这个人物我非常喜欢，二来我也想和周坚强合作一把，对于他的导演才能我很有信心。

“那你是不同意了？”周坚强有点儿着急了，摸了摸脑袋。

“看把你吓的，你不得给我点儿什么好处我才能答应啊。你和别的女演员谈的时候也这么轻松就拿下了吗？”我笑眯眯地看着周坚强。

周坚强这才知道我心里早同意了，一下子把我抱了起来，在脸上使劲儿地亲。

《市井》开拍了，周坚强在拍摄现场的状态是我第一次见到，严厉得不得了。

“再来一次。”周坚强的眉头都拧成了一个结。

刚刚拍的镜头是男主角炒菜，炒到翻锅的时候，我要从幕后走到舞台中间，但我怎么也走不到周坚强要求的位置上。

我耐着性子，回到幕后，准备继续走。

“再来一次。”周坚强已经从不满意升级为生气了。说话的工夫，光这个镜头我就已经走了八次，男主角也跟着我活受罪，炒了八次菜。

我压着心里的火儿，深呼吸了一下儿，重新开始走，重新找位置。

“OK，停！”第九次的时候，周坚强终于喊了停。

“为什么非要走到那个位置？为什么不是摄影、灯光找位置？”我快步走到周坚强面前，气哼哼地和他说。这些问题，其实很多时候都能靠技术解决，最后出来的结果也不会差很多。

这时候周坚强像变了一个人似的，和颜悦色地说：“不是想让每个镜头都做到最好吗？ 我想对你、对片子负责！”

周坚强的话让我想生气但又气不起来，我承认，这个镜头通过演员完成，确实会比让摄影去找位置完成拍出来好看一些。 在这之前，我没料到平时嘻嘻哈哈的周坚强拍起戏来会这么严格。 我第一次真正见识到了周坚强精益求精的精神。

第一次和周坚强合作，有很多事情我到现在还记得。 除了片场正常的要求严格之外，周坚强还“以权谋私”，利用这次合作，让我受了不少“委屈”。

“沈雪，你放下你那‘做作’的表演方式，别把话剧里的那一套带到电视剧里来。”我刚拍完一个镜头，周坚强就冲我喊。

“我哪里有‘做作’？ 我又不是第一天拍电视剧。”我心里想，正要冲他理论，突然见他给了我一个眼色，示意我别说话。 我心里感到莫名其妙，一肚子的委屈不能说，只能先忍着了。

“重新来一条。”周坚强继续着刚才严厉的语气。 所有的演员一下子紧张起来，赶紧就位，又拍了一遍。 这条的效果让周坚强很满意。

“沈雪，别在那儿站着聊天了，有时间多看下剧本儿，别演戏的时候台词还记不住。”我哪里没记住台词，背台词从来都是我的强项。周坚强今儿这是怎么了，怎么什么火都冲我发啊。要不是看他在片场导戏，我一定过去跟他理论个清楚。

我抬头睁大了眼睛，瞪了一眼周坚强，转身回到树荫下拿起了剧本儿。我学戏学了这么多年，眼睛上的功夫特别深，如果我生气了，只要用眼神回敬别人，一般人就都受不了。那时候我可没考虑周坚强能不能受得了，我觉得自己受了天大的委屈。

“沈雪，等等我。”收工后，我一个人拿着东西先走了，周坚强在后面气喘吁吁地追我，我只当没听见，加快了脚步。

“你走得还真快！生气了？嘿嘿，今天委屈你了。”周坚强追了上来，嬉皮笑脸地往我身边儿凑。

“你今儿是怎么了？什么火都冲我发？”既然周坚强已经追上了我，我干脆停下了脚步问个究竟。

“其实不是你的问题，是别的演员的问题，我刚干导演，也不能把所有的演员都骂光了，我就只能指桑骂槐地说你，让他们自我反省，真是委屈你了。”周坚强和我解释着。

“哦，原来不是我的问题啊。那你以为你是导演就能随便骂人啊？还是在那么多人面前。你就不怕我带着情绪演戏？”我不知道周坚强说的这是什么歪理，只觉得我的委屈没法和别人说。

“大家不是都知道我和你关系不一般嘛，看我连你都骂，他们心里肯定要掂量一下的，无论是纪律上还是拍戏上，肯定都不敢有一点儿马虎了。再说，你演戏的功力我还不了解嘛，只要一对着镜头，你绝对能抛开一切，所以今天就委屈你来成全我了。”周坚强说。

“那我这牺牲还真大。”对于周坚强的这点儿歪理，我还是理解不了，不过，既然他说这是支持他的工作，我也就认了。

“是啊，拍完戏我一定好好补偿你。”

“好好补偿”在拍完戏之后我倒是没得到，因为周坚强又忙着下一部片子了。不过，这次合作让我更加理解周坚强了，

作为一个新导演确实很不容易，想着我还能为他分担一点儿什么，能在事业上给他一点儿帮助，我心里就已经很满足了。

壹拾柒

“沈雪，你们人艺崔军的老婆是不是东城区双语幼儿园的园长啊？”这天拍完《市井》的第 78 场戏后，剧组就收工了，周坚强边和我往家走边说。

“对呀，我以前和你说过啊，怎么突然想到这个了。”我问周坚强。

“前几天，孩子她妈打电话跟我说孩子该上幼儿园了，但是她给孩子报名报得晚了，双语幼儿园说没名额了，我想让你帮我问问，要不怕把孩子给耽误了。”周坚强说。 因为他的妻子一直不同意离婚，所以周坚强也一直觉得很亏欠我，他家里偶尔发生个什么事情他也几乎不和我说，这次肯定是他自己解决不了才和我开口。

“你怎么不早说呀！ 我去给你说，应该没问题。”周坚强和他妻子的感情是一回事，我不发表任何意见，可他的女儿却是另外一回事，那是周坚强的亲生骨肉，所以有什么事情，只要我能帮上忙的，我一定尽力帮他们。

“谢谢你了！”周坚强客气地和我说，我知道他为了自己家里的事情要我帮忙，心里一定不好受。 我没说什么，岔开了话题。

几天后，我和周坚强说，他只要拿着那些手续带着女儿去幼儿园就可以了，入学的事情我已经帮他办妥了，周坚强感激得不知道说什么好。

拍了几个月，《市井》也杀青了，周坚强和程烈又开始把据点改到了办公室，准备着下一个本子。 程烈有的时候就住在办公室的密室里，周坚强则在早晨定时到办公室报道，看看程烈起床后兴致高不高，好撺掇他开始写之前答应过的《无法继续》的本子，因为《市井》的介入，《无法继续》还一直没拿来改。

周坚强边想着《无法继续》的本子，边弄着《市井》的后期制作，真正完成那天，周坚强把范中原再次请到京郊小院里，请范老师看样片儿。

范老师在小院住了两天看样片儿，我和周坚强就紧张了两天，像是等待检阅一样，不知道这个片子能不能入范老师的法眼。

两天后，范老师终于看完了，他扭了扭僵硬的脖子，清了清嗓子，做出了以下指示：同意下发全国，组织干部群众学习；电视剧在上海首播，随后在全国铺开。

范中原的指示让我和周坚强长长地舒了一口气，“好梦成真”公司的第一部戏总算出炉了。但因为公司只是承制方，利润本来就不多，扣除成本后，这部戏的利润根本不足以补《闲来无事》遗留下来的窟窿，周坚强他们唯有再接再厉。

公司的财务状况不容乐观，周坚强他们又整天在外面拍戏，办公室就形同虚设了。在都林的建议下，大家把办公室退了，把办公设备卖了，然后由都林每天揣着一个公章，满城里找便宜的宾馆作为他们的新据点。

在卖掉的办公设备中，最贵的应该是程烈的那张老板桌了吧，也是凭着这张桌子，“好梦成真”公司在开业当天就进账 4000 块。但是这张桌子在卖的时候却只卖了 200 块，因为桌子的损耗实在是太大了。

说到这儿，你可别误会是因为程烈整日在办公桌上日理万机而让桌子损耗成那样的，这事儿还得源于美女演员秋晓。

秋晓是程烈的挚友，“好梦成真”公司刚成立不久，秋晓就成了公司的座上客。每天下午必到，比坐班的三位老总都还要准时。秋晓在那时候漂亮、直率、感性、年轻，又很会演戏，深得办公室同志们的喜爱。我出入他们办公室的时候经常会见到她，对她的印象也很好。

那时候正值秋晓在和一个身在异乡的人谈恋爱，相思的痛苦让她的情绪很是变化莫测，程董事长、周总和都总总是要看她的脸色行事，赶上她情绪好，兴致高，大家那一下午就如同沐浴在春风里一样，谈笑风生；如果正值她感情上出现起伏，保不齐就能把程董事长和周总骂得狗血淋头。想想那时候敢那样和程烈说话的人可没几个，所以我对秋晓姑娘也是尤为地敬佩。

“吆，姑奶奶来了，今儿还早了两分钟。”周末的一个下午，我也待在周坚强公司的办公室里，在这儿边约会边看剧本，秋晓就穿着一条小短裙儿，扎着两根儿俏皮的辫子一脚踏进来了。周坚强热情地和她打着招呼。

“雪姐，你也在啊，今儿人还真齐。”秋晓朝周坚强笑了一下儿，就和我打了声招呼。

我招呼秋晓坐在沙发上。

“今儿看样子姑奶奶高兴，脸上乐得跟朵儿花儿似的。”周坚强在我耳朵边儿小声说。因为她和程烈的熟络，再加上她大大咧咧的性格，周坚强他们都亲切地喊她“姑奶奶”。

我冲周坚强笑了笑。

“姑奶奶，今儿心情不错啊。”周坚强第一个冲锋陷阵去了。

“嗯，还行。今天你怎么不给我倒酒了？”秋晓说，脸上因为笑着两个小酒窝特别明显。

有个酒商想在周坚强他们拍的电视剧里加软广告，公司开业

不久就给送来了一箱VSOP人头马白兰地，偏好秋晓喜欢没事儿的时候喝上一口，这一箱酒，秋晓起码已经干完了半箱。

“沈雪，你看人家，这就叫爱情的滋润。有了男友的关怀，这心情就是不一样。没事儿的时候，总是喜欢喝上一口，享受生活。你没事儿也多滋润我一下儿。”周坚强边嬉皮笑脸地和我说，边给秋晓倒酒。

秋晓也不客气，咕咚就喝干了小半杯，像是解渴一样。

“你别身在福中不知福了，就你那样，雪姐能看上你，算是八辈子修来的福了，还不赶快掏心窝子地给雪姐滋润才是。”秋晓说。

“是是是，您教导得对。”周坚强说，程烈在一旁坐着偷乐。一般这样的战役，程烈因为顾及到挚友的身份，总是让周坚强在一线扛着，自己躲在后方观战支招。

“瞎乐什么呀你。”秋晓这边儿还没说完，就又把矛头指向了程烈。

“这样行了吧。”程烈干脆用手把嘴巴都捂上了，躲在手心里笑，“都是让你那小男朋友给惯坏了，脾气这么大。”

“惯什么惯啊，天天连个人影儿都见不着。”秋晓说着又喝下去了一杯。

“完了完了，晴转多云了，都是让程老师给闹的。”周坚强又趴在我耳朵边报告起了情况。

果然，秋晓开始数落起男朋友的不是。周坚强和程烈赶紧搜肠刮肚地给列举她男朋友的险恶、黑暗、别有用心，直到把秋晓的气解了，在心里把那个男人碎尸万段了无数次才罢休。

“坚强，你们这不是是非不分、颠倒黑白吗？刚刚还在说人家男朋友好，现在怎么一副不杀不解气的样子啊？”我小声地问周坚强。

“哎，朋友面前没有原则。”周坚强和我说。

通常到这个时候，在周坚强和程烈颠倒黑白的语言下，秋晓就已经是喝得差不多了，心情也被这几个老总点拨得出奇地好。于是她便一步踩上老板椅，两步迈上老板桌，随着音乐疯狂地扭动起来，兴致盎然时，头发甩得在空中嗖嗖作响，皮鞋把老板桌磨得纵横交错，全然不顾周坚强他们在下面随着高亢的节奏悲伤地念着折旧费，“10 块、20 块、30 块、50 块……”一张 4000 块的老板桌就这样变成了 200 块。

末了，三个老总还要给秋晓报以热烈的掌声以示赞赏。

“好梦成真”的办公室家当卖掉后，都林就带着大家流窜到城里便宜的宾馆搭设临时办公室，好像有点儿风雨漂泊的意思。

后来程烈就给大家开会，说这样下去也不行，光靠公司自己拍片子，别说是发财，就连补那个大窟窿都难，他自己想出了个好点子。

我还记得当时程烈的宏伟蓝图：公司投资几百万，签一批好作家，买下他们作品的影视改编权（这个在公司成立之初就听他们说过，不过一直没实施），光卖剧本。如果想自己拍更好，找一家有实力的广告公司，一年买下 200 集的电视剧贴片广告，按每播出一集电视剧贴 3 条广告计算，每条广告收费 30 万，3 条就是 90 万，那么 200 集就是 1.8 亿。拍摄一集电视剧的平均成本 15 万，而每集我们可以拿到 90 万的广告费，那我们的利润就是 70 万左右，1 集 70 万，10 集 700

万，100 集就是 7000 万，200 集就是 1.4 亿，我们上 4000 万的税还能落下一个亿的净利润。这还只是一年，第二年肯定还是这个数，只会多不会少。

“可几百万的投资哪里去弄？”周坚强问。

程烈没有正面回答。

“好梦成真”公司最终也没找到那笔几百万的先期投资，程烈的宏伟蓝图也没机会实现。

不过，后来还是有人接纳了程烈的宏伟蓝图，投资了 200 万，让程烈去当总经理。程烈就这样被拉到了别的影视公司，公司的老板曾经和他合写过几部电视剧，两人的关系很好。程烈走的时候，还把都林也拉了过去，反正他走了，“好梦成真”公司也就无所谓公司不公司了，留下个财务总管也没用。

虽然“好梦成真”就剩下了周坚强这个光杆儿司令，但是他却没舍得摘这块儿牌子，毕竟是第一个公司，凝结着他的梦想和心血。好在，虽然程烈离开了公司，但是他和周坚强的合作却没有间断。

壹拾捌

“啊！ 真的？ 您动作还真快！ 好的，我这就筹划建组。”1994 年，我记得是快到年底了，一天早晨，我还在睡梦中，就被周坚强的电话吵醒了。

显然这个电话让周坚强很兴奋，他一般习惯于睡到中午，可那天他接完电话就下了床洗漱了。

“谁的电话呀？”我问周坚强。

“程烈的，说是给我拉到了投资，拍电影《无法继续》。”如果这部戏开拍的话，应该是周坚强的第一部电影，“我现在就着手建组，马上开拍，钱已经到位了。”

“那演员找好了吗？”我问周坚强。

“女主角就是你啊，《无法继续》的本子你也看过。”周坚强说。

《无法继续》是程烈比较特别的一部作品，是个婉约派的活儿，不像他的一贯作风，倒有点儿琼瑶的品性。虽然一改往日的风格，不过作品还是很煽情的，反正我看过之后能深深地感觉到，“确实只有爱过才知道，只有经历过才明白”。

所以周坚强让我演女主角，我并没有反对。

从那一部电影开始，高举“拍电影、拍浪漫煽情的电影、拍程烈小说改编的电影”的大旗，周坚强正式跨入了电影界。

在这之后，周坚强又拍了几部片子。1995 年，他还拉程烈回来过了把瘾，当了回导演，拍摄了电影《我的爷爷》。

这么算起来，“好梦成真”公司两年时间共出了五部片，出片量并不小，但都是别人的投资，由他们公司承制，利润本来就不多，再把《闲来无事》亏空的账还完以后，到手的钱

就所剩无几了。 周坚强只能继续马不停蹄地多找片子拍，才有可能赚到钱。

“赶快去北影厂一趟，片子好像是出问题了。”1996 年 4 月 1 日的早晨，京郊的小院里，程烈把周坚强从梦中叫醒，脸阴沉沉的，像是出了什么大事，“北影厂厂长彭和平刚刚打电话给我，口气很急。”

那个时候，周坚强和程烈正在拍《情人》，刚刚开机十天。

周坚强在床上打了个激灵，一骨碌爬起来。 洗漱了一下赶紧跟着程烈走了，我在家里也睡不着了，心里担心着不知道出什么事了。

快到中午的时候，周坚强和程烈回来了，两人都耷拉着个脑袋，看来事情小不了。

“怎么样？”看着周坚强和程烈进了门儿，都没人说话，我赶紧问。

“毙了。”周坚强脸上写满了悲伤。

“毙了？ 为什么？”我看着周坚强和程烈，迫切希望他们能赶快把话都说完。

周坚强停了一会儿说：“早上去了北影厂，刚进去就觉得气氛不对，北影厂的领导都挨个坐在那儿了，大家互相传阅着一张纸，彭和平说是一大早从电影局传真过来的急件儿，是对《情人》的意见。”

“是什么意见？”我急着插话道。

“彭和平顿了顿和我们说，电影局的意见是，《情人》暴露丑恶而不鞭挞丑恶，有违社会公认道德标准的价值观念，建议北影另选拍摄选题，或者进行根本性改写，否则即使摄制完成，电影局也将难以通过。”周坚强说。

“那改改本子行吗？ 电影都已经拍了十多天了。”我说。

“基本没什么希望，我当时已经问过彭和平了。”这时程烈开了口，虽然面子上不像周坚强那么哀伤，可我也能看到他内心的挣扎和痛苦。

“那现在如果停下来不拍，我们的损失是多少？”我问。 现在这个时候，周坚强他们除了需要好的本子拍出好的电影电

视来为自己打气之外，赚钱对于恢复他们的信心也很重要。毕竟亏掉了第一桶金，在他们的心里留下了不少阴影。

“100 多万。”程烈说。 我听了一屁股就坐在椅子上了，又是 100 多万。 周坚强拍了一年多的片子，好不容易刚刚把前一个窟窿的钱补上，这下又欠了 100 多万。

我们三个人坐在黑漆漆的屋子里，没说一句话。

“怎么说毙就毙了？”我心里一直念叨着这句，替周坚强着急，不知道要怎么办。

周坚强和程烈也都唉声叹气地坐着，100 多万打了水漂，搁谁身上都得难受。

我呆坐在椅子上，胡思乱想着，刚想个什么方法挽救，紧接着还没说出来就又被我自己毙了。 这可怎么办？ 我的心里越来越乱。 突然在这个时候，我想起来那天是愚人节，我心里就更加难过了。 我想怎么这么巧，连老天也愚弄人。 我看着这些年周坚强从编剧一步步当上导演，知道他其中的艰辛。 为了能弄出好的本子，他可以整夜整夜地不睡觉，我经常是到天亮的时候还看着他开着个台灯，把睡觉都化成了素材和力量。为了能给公司拉到投资，周坚强还可以低声下气去给各个企业家捧面子，从不计较。但是现在的结果却是这样。

这之后，周坚强的情绪一直也没有高涨起来，虽然在程烈的带领下又攒了个电视剧《月光》。1996 年年底的时候，《月光》拍摄完毕，我依然担任女主角。

和周坚强配合了这么多回，我们俩都已经非常默契了。角色交给我演，他很放心。周坚强总是说演员有两种，一种是演戏不带心，演什么都一样，心从来都放不进去，她的心都是在演戏以外，另外一种是演什么像什么，总是把自己完全放在角色里，让观众看不出一点儿自己的痕迹。我就是后一种，永远都让他放心。

拍完《月光》，周坚强想，这样总算应该能拉回来点儿利润。

可屋漏偏逢连夜雨，1996 年年底的时候，周坚强连续接到了两个噩耗："《我的爷爷》不能播。《月光》同样不能播。"好几百万的投资就一下子打了水漂。

这样，加上之前已经拍摄十多天而遭遇下马的《情人》，周坚强在"好梦成真"公司这两年拍的片子，几乎有一半胎死腹中。这对于当时的周坚强来说简直就是毁灭性的打击。

壹拾玖

“你现在是不是特别后悔娶我呀？”我一边儿给周坚强洗头发，一边儿和他说。因为周坚强不爱捯饬自己，特别是洗头，每次让他洗个头都像要他命似的。用周坚强的话说，洗头得长时间弯着腰撅着屁股，特别累，弄不好那些肥皂水还会把领子都浸湿了，特别难受，所以他宁愿退而求其次冲到洗手间洗个澡。但是我向来对周坚强要求严格，不能忍受他这么不爱干净，所以这些活儿我就一手包办了，也不管周坚强愿不愿意。

“哪能呢，人家不总是说你嫁了我是我的造化，也没人说我娶了你是你的福气呢！”在一起生活这么多年了，周坚强的话还总是能逗我笑。

“嗯，我也觉得，我那时候怎么就能看上你了。”我边给周坚强按摩着头部边说。周坚强现在忙得难得让我给他洗次头，我很久都没有这么近距离地观察过他了。这几年周坚强为了电影的事情，头发白了不少。我摸着他的一根根白发，就像重新看到了他这几年走过的路上的一条条荆棘。

“我也没想到你那么快就能答应和我在一起，不过也应了那句话了，我们两个在一起是成就了我也陶冶了你。”周坚强又开始变着法儿地夸自己了。

“不对，是我一时糊涂！”我和周坚强说。

“不管怎么样，沈老师，我真的特别感谢你，这么多年在我身边不离不弃，陪我走过了那么多沟沟坎坎。”周坚强忽然扭过头来和我说，特别的真诚。

是不是真的老了，最近周坚强总是那么感慨。我轻轻地打了下他的脖子：“赶快转回去，水都进了你的衣领子了。”周坚强笑着重新背对着我，而我的眼泪却不自觉地在眼睛里打转转，为我们能一起经历过那么多风风雨雨而感动。

“一夜回到解放前”，在1996年年底，当周坚强的三部片子都胎死腹中的时候，用这句话形容他再合适不过了。

37岁的年纪，如果在企业，不是经理也得是主管；如果是在机关，不是处级也得是科级；如果在媒体，不是主编也得是主任；如果干个体，不是富商也得是小老板了。可是，对于周坚强，一个为电影活了半辈子、追求了半辈子的男人，却在一夜之间被打回了原形，所有自认为已经上了轨道的事物，所有自认为已经找着方向的东西，顷刻间被消了磁，再也找不着北了。

周坚强躲在京郊的房子里，望着远处京城的夜景，眼睛里充满悲伤和绝望。

“坚强，吃点儿东西吧，你已经快两天没吃饭了。”我说。周坚强站在窗前发呆。这一天，周坚强躺在床上几乎没说过一句话，天黑下来的时候，他从床上爬起来，站到了窗边，一站就一个多小时了，连姿势都没换过。

自从三部片子陆续被告知不能上映后，周坚强的人生似乎就变成了灰色的，我没再从他的嘴里听到过一个好笑的段子。他搬回了京郊的小院，每天睡到下午才起床，然后也不吃东西，有的时候在房子里若有所思地溜达一下儿，更多的时候都站在窗前发呆，不知道在看什么、想什么，也不说话，我真害怕这样下去他会憋出病来。

“我不想吃，你别管我了，自己吃吧。”周坚强的声音很低，再不是从前油烟嗓子里冒出的雄厚有力的声音了。周坚强瘦弱的身影在漆黑的窗前是那么孤单，那么无助，我知道他的心里一定很难受。

当时的周坚强已经被圈子里的人列入了黑名单，什么“习惯性流产”、“失足青少年”，都是说的他。可怕的是，这些话不仅能传到周坚强的耳朵里，关键是在投资人中间相传更盛。现在每个投资人见着周坚强都绕着走，唯恐避之不及。周坚强索性不再出门了，一时间成了没人再找他拍戏的无业游民。

我轻轻地走到周坚强的身后，用胳膊环抱住了他，只是过了两天，我就觉得周坚强原本不健壮的身子更加瘦小了。我把头紧紧贴在他的肩上：“坚强，不论遇到什么困难，都是暂时的，你一定能挺过去的。你那么优秀，那么执著，以前那么多大风大浪都走过来了，这个坎儿也一定能过去。千万不要放弃，为了你的事业，也为了我们的将来，不要放弃！”我的眼泪滑过脸颊，生怕周坚强支撑不下去，但我不会让周坚强看到我流泪。

我必须坚强起来，因为我是周坚强唯一可以依靠的人了。即使是周坚强的妻子坚决不同意离婚，周坚强和我谈恋爱之后，还是义无反顾地跟我生活在了一起，而他和以前家庭的联系只剩下了年幼的女儿。所以，在这样关键的时刻，无论我心里替周坚强多么伤心难过，我都一定得挺下去，照顾好周坚强，让他能重新振作起来。

周坚强听到了我的话，双手握住了我的手，特别用力地握了一下，没有说话，我知道他是想安慰我，他一定会坚持下去的，只是还需要时间。

那段时间为了更好地照顾周坚强，我推掉了所有的戏，专心在家里陪着他。

“坚强，我们明天去老李的山庄玩两天吧。今天老李给我打了个电话，说他们的山庄开业一个多星期了，火得不得了，想邀请我们去看看。”我和周坚强说，“正好最近我们也有时间，天天待在家里也会闷的。”

老李是我认识几年的好朋友，以前是个演员，后来就下海经商了，现在的日子过得有声有色。

“你替我谢谢他，我不想去。”已经是下午两点了，周坚强躺在床上还没有要起来的意思。他把头蒙在被子里，随便应付了我一句。

“咱们也不能总是躺在床上啊，这样身体也会弄坏的。你就陪我去玩一下嘛，我天天待在家里快闷死了。”我坐在床边央求着周坚强，就想让他出去走走散散心。

“我真的不想去。”周坚强伸出头来看着我，不过我已经从他的眼神儿里看出他有点儿动摇了。

“就陪我去这一次，就一次，以后你要是不想去，我再也不勉强你了，行吗？”我和周坚强撒娇道。我比周坚强小着十岁，可谈恋爱将近四年了，我几乎没在他面前撒娇过。我们两人的相处方式很特别，基本上是在看似理性却又隐藏着特别多幽默元素的成熟的交谈中进行的，很少会出现那些小女人和大男人之间的对话，再说我的性格也不合适。可偶尔来这么一次，周坚强还真有点儿扛不住了。

“那好吧，就这一次。”周坚强答应了我。

我喜出望外，心想着，只要愿意出去走走，这事情就成功一半了。

“戈六，明天怎么也要把时间给我留出来……对，去度假山庄，周坚强就拜托你们了。”

“刘青，明天怎么也得来啊，在我这帮朋友里，周坚强最买你的账了。”

我背着周坚强，约了戈六、刘青这些好朋友第二天一起去度假山庄，有了这些老朋友的开解和安慰，周坚强的心情应该会好很多。

第二天一大早，我早早地起来收拾了行李，和周坚强向度假山庄进发了。大约上午十点左右，我们到了度假山庄，戈六和刘青已经在那儿等着了。

“哎，坚强，这么巧，你们今儿也来这儿了？”戈六见着周坚强丝毫没提什么好久不见之类的话，免得再让他想起这段黑暗的“休假”时光来，“昨天老李打电话让我今天过来捧场哈！”

“哎，今儿看来是能玩得痛快了，有周坚强陪着。”刘青也在一旁搭腔。

周坚强笑笑，他和这些人都是多少年的朋友了，虽然大家不说什么，可他一看就知道这些人都是我专门找来的，脸上有些感动。

那一整天，我们在山庄里钓鱼、游泳、吃农家菜，在戈六和刘青热情的带领下，气氛很是热烈。大家谁也没提一句电影电视剧的事情，尽挖空心思地讲段子了，大有赶超周坚强的架势，逗得我们哈哈直乐。在充满笑声的青山绿水中，周坚强也一时忘记了自己的境遇，好像回到了和这些老朋友刚认识时的快乐时光。

看着又恢复了生气的周坚强，虽然是暂时的，可我想，他从阴影里走出来的时间应该不远了。

从度假山庄回来后，周坚强就接到了程烈的电话。

“坚强，我们两个还是分开吧，我知道这些被毙的片子是冲着我来的，跟你这导演没有关系。你还有机会活，我们不要一起死。”程烈在电话那头说。

周坚强沉默着不知道说什么。这是周坚强隐居在家里之后，程烈第一次打电话给他。

“没关系，你不要灰心，一切都可以从头再来，更何况你又不是什么都失去了。起码你的创作能力、导演能力还在。我期待你新的作品。”程烈说完就挂了电话。在这次通话中，除了刚开始应了一声之外，周坚强一句话都没说。

后来我才知道，程烈给周坚强打完电话之后就去美国韬光养晦了，这个被周坚强一直尊称为“北斗星”的人就这样从周坚强的生活中渐渐消失了。

贰拾

周坚强并不知道，在他最痛苦最郁闷的几个月之后，等待他的将是决定他人生命运的一次巨大转折。所谓“天将降大任于斯人也，必先苦其心志，劳其筋骨……”就是这样的情况吧。

“坚强，你现在在哪儿啊？我找你聊聊。”北影厂的彭总给周坚强打来了电话。

在此之前，周坚强已经小小振作了一下，在孙晓飞的邀请下，续写了两集《杂志社》。时隔六年，《杂志社》的原班人马重新聚齐，在原来摄影棚搭建的地点重温了一遍当年创

造的辉煌。当时，周坚强接到孙晓飞的电话后，琢磨了三天，然后花十天时间把剧本写了出来。他知道孙晓飞是在创造机会“救”他，这些“贵人”总是在适当的时候对周坚强伸出援手，这一点一直让现在功成名就的周坚强念念不忘。

虽然周坚强自己感觉剧本并不如从前的《杂志社》那么经典，但是凭着以前《杂志社》的影响力，续集在1997年的春节如期在电视台播出时，还是创造了一个不错的收视率，很好地完成了孙晓飞交代的任务。

这让周坚强的心情渐渐由阴转晴。他开始在家潜心研究，韬光养晦，等待机会。彭总的电话就是这个时候打来的。

“彭总，我在家呢，在京郊的家。”以前接彭总的电话，周坚强总是担心片子又出了什么问题，现在好了，连片子都没拍，那一定不会有什么更坏的事情了。周坚强一脸的轻松。

“那我待会儿过去和你说，你哪儿也别去，在家等着我。”彭和平说。

周坚强挂了电话对我说：“彭总是不是要来把我‘打捞上岸’了，不然这个时候找我还会有什么事情。”

“但愿、但愿，你那些个背的日子也应该过去了吧。”我说。

挂了电话之后，周坚强心情忐忑地在家等着，而我一会儿在客厅坐坐，一会儿又走到卧室，也不知道要干什么好，心里七上八下的。

大约过了一个多小时，彭总的车就到了门口，周坚强赶紧起身到门口迎接。

彭总笑呵呵地就进了家，看这样子，我想彭总这次到访的原因应该和周坚强猜的八九不离十，我悬着的心放下了一半儿。

“坚强，我可是好久没见到你了，也没听到你的段子了，怎么样，最近在家里憋坏了吧？”彭总说。

周坚强憨厚地笑了笑，想承认却还有点儿不好意思。

“我这次来就是来打捞你上岸的。”彭总说，“该是你出来的时候了。”

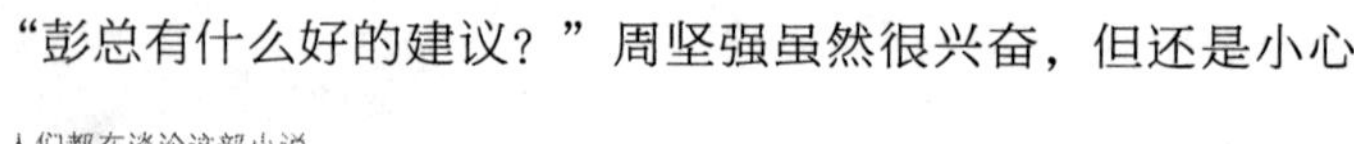

“彭总有什么好的建议？”周坚强虽然很兴奋，但还是小心

翼翼地问着彭总，看来前几次的挫折在周坚强心里还是留下了点儿阴影。

“电影局让北影厂弄部戏，要求积极向上、能逗乐，但又能切合当前热点，能激发百姓斗志，我就想到了你。”彭总说。

“可是最近我都没遇上什么好本子，关键我现在也不知道要拍什么样的片子了，不敢下手，生怕一点儿不对又给毙了。动不动几百万的投资，我可是赔不起了呀。”周坚强说。

“看把你吓得，这次由我们来把关，你就放心干吧。形式我已经给你想好了，就拍贺岁片，也是发挥你的特长嘛！因为喜剧这种形式，领导、观众、创作人员三个方面，相对来说比较容易达成一致。香港的贺岁片已经存在很长时间了，每年过年，咱们内地的观众都会有相当一部分去电影院观看贺岁片，看来过年消费还是很对中国人的胃口的，所以这种形式应该没问题，关键就是要在观赏性上下点工夫。”彭总说，周坚强频频点头。

“至于本子呢，我建议你拍部反映下岗工人再就业的喜剧，因为这是当前的社会热点。电影局不是要求了嘛，要切合当前热点。”彭总说，“你要主动和电影局多沟通，考虑观众也得考虑领导的意思，这样拍的片子才不会总是胎死腹中。”

彭总的一番话让周坚强受益匪浅，短短半个小时就已经把电影的方向和形式都定下来了，并且在这个基础上拍，基本上不会再遇到被毙的事情，这让周坚强省了一大半儿心。

那时候的周坚强还只是想通过彭总指的路子浮上水面，他并不知道就这一次，能直接把他推向顶峰。

“彭总，本子的事情，我想到了程烈的《好梦成真》，里面的故事很有意思，也切合当前的热点，你看行不行？”考虑了三天，周坚强兴奋地打电话和彭总说。

“嗯，那个小说我看过，基本上同意吧。不过，你在改编的时候，关键是要把握方向，一定要是个积极的喜剧，要有正面的教育意义。”彭总叮嘱着周坚强。

“一定、一定，彭总，你放心好了。”周坚强像是拿到了令牌一样，欣喜地开始埋头工作。

过了一个春天，等到初夏的时候，周坚强的剧本终于弄好了，他赶紧把本子交给彭总过目。

一个星期后，彭总那边来了好消息：“坚强，电影局那边的意见是，剧本原则上通过，修改后报电影局备案，并同意筹备建组。”

周坚强听着很振奋，毕竟离他上一次拍电影已经过去一年多的时间了，他默默地沉寂忍耐了一年多。

剧本弄好了，但投资还没着落。那时候，周坚强每天睁眼第一件事情就是想着还有哪个朋友那里没去过，还能从哪里拉到钱。可他和彭总跑了很多地方，碰了很多壁，也一直没见着投资的影子。

直到周坚强都有点儿心灰意冷了，才遇上紫禁城的张老板。

“坚强，这次是紫禁城的张经理，最近公司刚刚要涉足影视业，苦于一直找不到好的剧本啊。”傍晚接到彭总的电话，说今天晚上这个老板比较靠谱，看来有可能能拿出笔钱来投资，让我和周坚强早早订饭店。在我和周坚强到了饭店40多分钟后，彭总和这个大老板姗姗来迟。

“张总，您好，您好！找不着好剧本儿，找我们那就算是找对路子了。”周坚强赶紧和张总打着招呼，我也和张总点头微笑欢迎他的到来。

“听彭总说，你是个难得的电影人才啊，以后还希望能多合作。”张总回应着周坚强。

“哪里，哪里，过奖了，都是彭总抬举我！”周坚强说。

“大家边吃边聊吧，别光站着了。”我和大家说，两位老总微笑着和周坚强一起落座。

“听说你们最近在攒一部片子，是个什么片子啊？”张总问周坚强。

“是部喜剧，讲的是实现梦想的一部喜剧片。就是说电影里的一帮主角儿弄了个机构，专门帮人实现梦想。你有什么梦想自己实现不了，只要来到那个机构，他们就负责帮你在一天的时间内圆了这个梦，不管是多奇怪的，管你是要当皇帝还是要返回旧社会，都能给实现喽。”周坚强说。

“听着不错，很有新意啊。”张总说。

“坚强以前是《杂志社》的编剧，那喜剧功底你应该领教过吧，确实很高，这次也是为了发挥他的特长，专门弄一部贺岁片，让大家在过年的时候乐呵乐呵。”彭总适时地说，“现在本子已经出来了，就是资金还没到位。”彭总也不拐弯抹角，直切正题。

“行，我看这个电影可行，连彭总都这么说了，这个钱我来投。”菜还没上来，《好梦成真》的投资就这样拉到了。这顿饭是周坚强一年多来吃得最高兴的一次，一年多来的阴霾一扫而空。周坚强在饭桌上再一次发挥了之前练就的吹捧功夫，愣是让彭总和张总笑得合不拢嘴，开开心心地走出了包厢。临走，张总还拉着周坚强的手约着下次吃饭的时间。

投资方定了下来，剧组也跟着建起来了。男主角周坚强想都没想就定了戈六，女主角这次定了刘青，我只客串一个配角。

剧本好不好对于一部电影当然重要，但如果看走眼捧错人，片子照样会失败，所以片子的主角很关键。

之所以定戈六，是因为周坚强从《杂志社》之后，打心眼儿里认定了戈六演起戏来老少皆宜，怎么演怎么招人待见，天生就是位演喜剧的爷。这么夸戈六还真不为过，因为这点连我都总结出来了。

“戈六，你说你长得也不是什么偶像派，怎么就有那么多人喜欢你呢？你在《杂志社》里演的那个冬子，都过多长时间了，连菜市场的大妈都还记得。”有一次戈六到我们家吃饭，我实在是忍不住好奇，就问他。

“这还得说咱们这个平民的长相和平易近人的态度招大家喜欢。”戈六谦虚道。

“我觉得不是，我觉得是你的‘坏’吸引了大家。”我分析着。

“‘坏’？要是别人说，那是他们不了解我，你可得知道我是一个大好人吧！”戈六说。

“我说的‘坏’不是和‘好人’对立的那种，是说你‘淘气’。‘淘气’这个词儿不能说是真坏，而是随时随地都透着一种喜爱在里面。要想做到‘淘气’可不容易，火候难把握，你不能太过了，那就真成了坏人了，也不能太轻了，那就成了蔫儿坏。戈六你是我见过的对‘淘气’最轻车熟路的，既不让人讨厌，还在淘气中透着机智，深得人心。”我给戈六分析道。

“吆，我还不知道我有这么多优点呢，您分析得真好，除了‘淘气’，还有吗？”不知道从什么时候开始，周坚强的吹捧功夫也潜移默化地到了我身上。

“当然有，你知道自己‘坏’，自己‘淘气’，你还从不掩饰，你把自己的那点儿私心杂念统统给人说出来，让观众怎么看怎么觉得你是那么亲切，就是自家人嘛。想想你那些小毛病，周围的人身上谁没有啊，可是就没人能像你那么实诚把它们都抖搂出来。更可贵的是，虽然有点儿‘坏’有点儿‘淘气’，可在大是大非面前你从不含糊，关键时刻能挺身而出，必要时还不计后果。”我继续道，“你说这样的人能不招人待见吗？大家伙天天在生活中能盼着遇到的就是这么个人儿！”

戈六露着两颗大门牙张嘴乐着，眼角儿也堆起了一堆笑纹儿，一个劲儿点头称是，说我怎么就能那么说到他的心坎儿里去呢，以前也纳闷儿自己长得不帅，可一演戏，总有那么多人喜欢，今天一听才知道，原来是这么回事儿。打那之后，只要别人问戈六演的片子怎么都那么受欢迎，戈六就会把我给他总结的三个理由一字不落地背出来。

所以，让这样的人去演贺岁片，是再合适不过的了。

离正式开机还有一个多星期的时间，彭总、张总、几个院线的老总、主创人员一起花了三天时间对剧本框架进行了再讨论。

“我们这部片子既然第一次把投资方、制作方和院线都一起动员了，就一定要抱着只能成功不许失败的精神来做。电影一定要拍贺岁片，要为贺岁档期量身打造，而不是只贴一个标签，所以如果拍出来不符合这个条件，宁可不映。电影一定是个喜剧，要有圆满的结局，要有笑料，要让观众过年时开开心心地看。”彭总的话总是高屋建瓴，具有指导意义。

在座的人一致认同。

“传统电影的起承转合的顺接方式缺乏吸引力，我看我们这个本子里有好几个板块是单独存在的，能不能把整部戏都弄成板块状的，这样的结构，观众看着也有新鲜感。”张总的这个意见直接决定了后来电影的框架结构。

“前面几位老总的意见很全面也很深刻，我都表示赞同，我也没什么更多的建议能提了，我就觉得既然是喜剧，故事要好玩，台词要好玩，这样拍出来的电影才会好看。”院线经理的意见很简单，但却真正代表了观众，他们提的要求实际

上就是站在观众的位置上提出来的。

这样的会在三天里开了八次，所有的意见最后都汇总到周坚强那里，并且完全落实在了修改当中，投资方、制片方和院线的三者结合，是《好梦成真》的一大创举，也在很大程度上成就了这部电影。

在《好梦成真》中，还有另外一个创举不得不提，就是实行捆绑式分账。演员可以按照自己的价码把钱先放在剧组，等电影上映之后，按照利润和比例去分账；也可以把自己的那部分酬劳在电影开拍之前就拿走，但是这样就不能参与最后的分账。

当时虽然主创都很有信心，但捆绑式分账毕竟还在一个摸索的阶段，演员们根本不知道贺岁片是怎么回事，也不知道第一次拍贺岁片究竟能拍成什么样子。戈六按照当时的价码应该拿 60 万的酬劳，他就先拿了 50 万，留下 10 万进行分账。而周坚强却孤注一掷，一猛子把导演费全扎进去了，一分没拿。

周坚强抱着急切地要拍电影、要拍一部不被毙的好电影的心情，下了决心要通过这部片子打一场翻身仗。

贰拾壹

在周坚强筹备《好梦成真》的时候，程烈也从美国回来了。因为前面拍的片子被毙的缘故，程烈远走美国，和周坚强几乎没有联系。

“你把这 50000 块的稿费给程烈送去。”周坚强和制片主任老陆说。

因为《好梦成真》还是按照程烈的小说改编的，所以稿费一定要给。周坚强那时候忙着筹备电影的事情，就委托老陆给送去了。

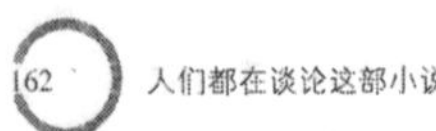

“周导，程烈把这钱扔出来了，说不要。”下午，老陆跑来和周坚强说，当时剧组的人员都在，这话让周坚强有点儿下不来台。

“是不是嫌少？”我走到周坚强身边小声问他。

“不会。”周坚强回答。

自从程烈去美国之后，两个人的关系好像发生了一些微妙的变化，可我也不清楚究竟是哪里出了问题。

周坚强从老陆手里把钱接过来，没再说话。

“周导，电影里的主景地‘编辑部’还没最后定呢？ 我们选了几个地方，你来定一下。”在最后一次剧组人员通气会上，陈述和周坚强说。

周坚强在拍《好梦成真》之前，把陈述拉过来当自己的助理。 陈述当时还在文工团，虽然没多大的发展，但是工作稳定。 自从周坚强当兵离开文工团之后，两人难得见一次面。也就是在《好梦成真》拍摄的几个星期前，两人偶然在街头遇到，周坚强在和陈述聊天儿的时候说自己的公司已经解散了，目前都是自己拍片子，很需要一个助理，让陈述帮他留意一下有没合适的人选。没想到，陈述也不嫌弃，自己毛遂自荐。可当时周坚强还不能保证自己这部片子就一定能翻身，不忍心让陈述把稳定的工作给辞了，可陈述自己倒是信心很足，说他看好周坚强的才能。果然，陈述没看走眼，这个助理一当就是十多年，帮着周坚强做了不少事情。

“都选了哪里？”周坚强问。

“香山外景地，东城的一个杂志社，环境很好但是费用比较高，还有我们以前拍《杂志社》搭的棚，可能有一些已经拆了，还得恢复重建一下。”陈述报告着。

“没一个合适的，香山太贵，杂志社更不便宜，那个棚要重建也得花钱。”周坚强想了想说，“我想到一个地方。沈雪，你记不记得离我们那儿不远原来有个幼儿园，现在好像都没人了啊！”

“嗯，那个幼儿园半年前就搬走了，好像一直空着，但是破破烂烂的。”我说。

“行，就那儿了。沈雪，你下午就去一趟，看那边是谁在管理，定一下。那个破破烂烂的院儿不会花多少钱的，并且也

符合我们片子的风格。”周坚强说完又补充道，“一切要以节省成本为原则。”

我点点头。

1997年8月14日，紫禁城的张总投资的400万到位，《好梦成真》正式开机。

影片拍得很顺利，采取捆绑式分账的方式，演员的积极性很容易被调动起来，谁不想好好拍，最后能多分一点儿报酬啊！

9月30日全片杀青，一个星期后粗剪完成。

“彭总，你通知大家一下，下午举行内部看片会。”周坚强兴奋地打电话给彭和平，像是等待首长的检阅。

拍这部片子，周坚强是“只能成功，不许失败”，如果输了，周坚强可能从此就在“黑名单”上下不来了，所以拍电影的这段时间，他几乎每天就睡两三个小时，剩下的时间完全就是电影，什么都顾不上。

“好的，你们的速度很快啊，这样赶贺岁档，时间还有点儿富裕呢。”电话那头彭总的声音透着一股子高兴。

下午两点，北影的放映室里，北影厂领导、紫禁城影业的领导、几大院线的经理和电影主创人员齐聚一堂，想要共同见证这个激动的时刻。

电影画面徐徐打开，大家都静静地等待着这一刻，可怎么光看见戈六的嘴在动，听不见声音呢！

“赶快调一下儿，哪儿出问题了。”周坚强冲放映室喊，声音有点儿发紧，看来是很紧张。

放映室的工作人员调了一下，声音出来了，可是怎么和画面对不上啊！

“重放一遍！”周坚强对着放映室喊，汗珠子一大颗一大颗地挂在了额头上。

屏幕黑下来，电影重新开始播放。

画面打开了，声音还是对不上。

“坚强，怎么回事啊？”彭总走到周坚强身边说。

“怎么对不上啊！”周坚强哽咽着，眼看着眼泪就流下来了。

“别急别急，这是哪里出了岔子了。”彭总安慰道。

“我的命怎么这么苦啊，在这么个节骨眼出这么大的岔子。”周坚强边带着哭腔自言自语，边一个人跑到了放映室。

下午的内部看片会最终还是没能看成，周坚强沮丧地拿着样片重新开始检查。

幸好，过程是曲折的，结局总是甜蜜的。11月中旬，广电部副部长、北京市委宣传部部长、电影局局长、副局长，以及北影厂与紫禁城的各位老总，在北影第一放映室联合审查了混录双片。放映结束当场召开会议，领导对细节提了些修改意见，但整体表示了肯定。至此，影片的通过终成定局。

那时候离预定的档期12月20日还有25天。剧组的全部工作，修改、重新混录、套底、配光、校正拷贝，以及大批拷贝加工必须在15天内完成。当时彭总专门下了一道指令，一切生产给《好梦成真》让路。15 天后，150 个拷贝顺利发往全国。

《好梦成真》最终如期上映了。

“您好、您好！”

“要签名是吗？可以，可以！”

周坚强和戈六刚刚送走一拨观众要在休息室坐下，另一拨观众就又进来了，两人又站起来给大家签名。

“我现在都没坐下的概念了，站着习惯了！”这拨观众走了以后，周坚强扭头冲我说。虽然很累，但是脸上却洋溢着我很久都没见到的笑容。

到《好梦成真》那会儿，还没有哪一部片子能像它一样，在全国举行那么多观众见面会，宣传攻势异常庞大，到最后，周坚强和戈六的手都因为签名，酸得好几天抬不起来。

《好梦成真》最后真的让周坚强好梦成真了，全国票房 3000 万，北京地区 1000 多万，成为年度票房总冠军。在《好梦成真》之前，这几乎是电影人从不敢想象的一个数字。 而周坚强在一分钱没提前拿的情况下，按照捆绑式分账方式，最后分得了110万。

彭总说，在国产片最低迷的1997年，3000万的票房，不亚于电影在海外市场拿了大奖。

“这是真的吗？”结束了《好梦成真》的整个宣传之后的一个晚上，周坚强躺在我身边，翻来覆去地问这句话。

“怎么着，巨大的成功让你有点儿找不着北了吧？”我乐呵呵地摸着周坚强的头。 他能取得这样的成绩，我心里比他还高兴。

“确实找不着了，还有北这个方向？”周坚强扭脸冲我笑，“刚开始吧，北京票房过了500万，我这心里就已经激动得不行了，我还真觉得是咱们剧组创作的结果，可后来700万了都刹不住，我觉得是彭总、张总和院线经理共同联合、市场操作的结果，再到后来过了1000万，我整个人都蒙了，我想这事儿确实和咱们没什么关系了，是政府帮了咱们大忙，要扶持国产电影。”周坚强说。

“嗯，不知道是他们有眼光还是你幸运，在这个节骨眼儿上，选了你。”我和周坚强说。

“是时代选择了我，而我又正好迎难而上了。”周坚强严肃地说。

我点了点头，心想该是周坚强的时代到来了，该是周坚强的商业时代到来了。

“是啊！ 那我们就为时代选择了你庆祝一下吧！ 明天是周末，你把女儿也接来家里庆祝，她应该不上课。”我对周坚强说。

周坚强的女儿刚上小学，自打女儿出生之后，周坚强就一直在忙着自己的电视剧、电影，没时间陪孩子，最多就是抽个周末和孩子玩半天。 我经常让周坚强把孩子接过来吃饭，孩子很乖，很懂事，对我这个阿姨也没很大的反感，这让我很欣慰。

“嗯，好的。”周坚强答道，眼睛里露出了慈父一般的温柔。

那个晚上，周坚强睡得特别的沉。

贰拾贰

在艺术电影的道路上遭遇挫折的周坚强，却独辟蹊径在商业电影上开启了崭新的一页，这也许和他从来都不避讳对钱的追求有很大的关系。

周坚强刚开始干编剧、干导演那会儿，虽然也想拍艺术片儿，但是和当时著名导演赵英雄、卓非凡动不动就有大的投资商支持，拿出几百万、上千万拍片子相比，周坚强就显得寒酸多了，他得拉下脸来四处找人给自己投资，才能拍一部片子。那时候他为了能拍片子，对于钱的渴望是很直接的。现在，阴差阳错，周坚强走到了商业电影里，这更刺激了他对于钱的追求，不过现在不是对于投资的担心，而是对于票房的渴望。

周坚强曾经和我说，自己听到过对于电影最精辟的阐述是这样的：电影应该是酒，哪怕只有一口，但它得是酒；你拍的东西是葡萄，很新鲜的葡萄，甚至还挂着霜，但只要你没有把它酿成酒，它就不能叫做电影。

周坚强很认同这个关于艺术电影和商业电影的描写，一个不能转化为商品的电影在他眼里可能永远不能被称为一部成功的电影。

《好梦成真》之后，1998 年，周坚强再接再厉打造了《约定》，模式依旧像《好梦成真》一样，是“戈六 + 美女”式的喜剧。 这次的女主角是我。

“怎么样，签证的事情办下来了没？”我急着问周坚强。《约定》的故事是在美国发生的，建组之后，大家开始办签证准备赴美拍摄。

“还没，现在就你一个人办下来工作签证了，其他人都只办得下来旅游签证。”周坚强说。

“那怎么办？”我问周坚强。

“实在不行，就先这样吧，边拍边看，时间耗不起呀。”周坚强说。

一个星期后，剧组大队人马赴美国开始拍摄。

“这下好了，终于赶上‘好时代’了，让外国人给咱维权来了。”星期天一大早，戈六也睡不着觉，过来找我和周坚强。

在美国拍戏，美国法律规定拍一个星期剧组就必须休息一天，我们也得跟着休息，星期天不能出工。

“你怎么就享受不了好日子呢，被周坚强这个‘地主’剥削惯了吧，好不容易放你一天假，你还不睡个懒觉。”我和戈六开玩笑，但其实心里也急，毕竟剧组想节省时间节省成本，这样一周耽搁一天也耽搁了不少戏呢。

“我是想睡来着，可一大早好像就觉得有什么东西呼唤我，仔细一听，是美元。它们在那儿开会呢，说今天歇一天，它们要去这儿逛逛要去那儿走走，你说我还能睡得着吗？”戈六说。

“这一天一天流的可都是美元啊！”周坚强有点儿无奈。

不过也没办法，就得在那儿耗着，我们只有从别的地方省钱了。

可说着容易做着难，电影拍到一多半的时候，紫禁城影业投资的700万眼看着就用完了。

“我看，还得让公司追加400万才够。”周坚强和我说。

“你和张总说了吗？”我问。

“我这就打电话回去。”周坚强也不管国内那个时候还是半夜，就迫不及待地打给了张总。

“张总，电影还得再投400万才行，前期投的钱都差不多了，你看?”周坚强和张总说。

对方好像只是简短地说了一句话就挂了，周坚强举着个电话没说话。 从他那皱成一团的表情看，我就知道他肯定是吃了个闭门羹。

“怎么样？ 他不同意。”我急着问周坚强。

“他说公司的投资只能到700万，没有再多的预算了，让我自己想想办法。”周坚强的脸色很难看。

“那怎么办？”我问他。

“我那儿还有130万，我先投进去，剩下的200多万我再去想办法。”周坚强说，“片子拍到这个程度了，不能让钱把咱们卡住了。”

“那是你的全部积蓄了，你都要投进去啊？”我有点儿着急。

“嗯，我不会让影片失败的，你放心吧！”周坚强很有信心。

《好梦成真》之后，观众接受了“贺岁片”这个概念，也接受了“周式贺岁片”的概念，影片里的幽默台词和戈六标签式的表演，深受观众喜爱。《好梦成真》刚下线，许多人都已经开始盼望着周坚强下一部贺岁片了，这给了周坚强很大的信心，他说起话来腰杆都硬了很多。

“我说你们两个怎么抱得那么假啊？”周坚强自己先追加了投资后，我们在美国继续拍摄。这时候正在拍一场我和戈六的亲热戏。

“哎，你说都这么熟了，我怎么好意思下手啊。”戈六松开我说，“再说，在你面前，我能真到哪儿去。”

“不行，不行，这过不了，连我看着都假，观众能被你们糊弄过去吗？你只当我不存在，重新拍一条。”周坚强说，在拍戏上面，他从来都和生活分得很开。

“那要不您给我指导一下，我在您的指导下再投入地亲热一回吧。”我说。

“对对对，沈雪说的对，您再指导下，和沈雪先来一次，给我做个示范。”戈六顺着我的话说。

“行！”周坚强一点儿都没不好意思，非常职业化地在片场和我上演了一回亲热戏，“你就按照这个标准再来一次。”

周坚强的举动把在场的演员逗得哈哈大笑。

“尽让他们沾光了，免费给他们表演了一回。”我和周坚强说。

“那怕什么，我们有啥避讳的。”周坚强嬉皮笑脸地走到监视器后面继续导戏。

1998 年圣诞节，《约定》如约和大家见面，谁也没想到它的势头竟然轻松超过了刚刚获得百花奖的《好梦成真》。

我和戈六、周坚强不得不跑到全国 11 个城市和影迷见面。

“今天戈六来了，我们广州的影迷是不是要跟他打个招呼啊？”主持人问。

“要——”上百观众齐声回答。

“那我们要说什么啊？”主持人问。

“吃了吗？”观众大笑。

“没吃呢！”戈六在台上先是一愣，随即就反应过来是怎么回事了。

“没吃回家吃去！”观众已经笑得前仰后合了。

这个打招呼的方式是戈六在《约定》里特别搞笑的一段儿。在那个时候，不光是看周坚强的贺岁片成了观众的一个习惯，能熟知背诵贺岁片里的经典台词也成了观众追赶时尚的方式。我们在为片子做宣传的时候，时不时就会有人学着戈六的腔调念上一段儿台词，然后就听见周围一片笑声。

那一年，最终投资 1000 万的《约定》在全国席卷了 4000 万的票房，再次登上年度票房总冠军。而周坚强也在经过两部片子的检阅后，牢牢占据了票房“红人榜”的榜首。

贰拾叁

“沈雪，您和周导结婚这十年，您对婚姻最大的感触是什么？”我嘴角儿微微向上扬着，思考着记者的问题。2009年，我主演的《中医世家》开播了。因为要配合新戏的宣传，我每天都得接受记者一拨又一拨的提问。

“最大的感触？这个问题好像有点儿难。我觉得我也没什么感触，就像平常人那样，安安心心过日子，但是我可能有一个和别人不一样的感觉，那就是这十年我是乐着过来的。周导拍了很多喜剧片儿，但其实他不光是在戏里有幽默精神，他在生活中也是一个特别逗的人。他很善于用幽默去化解生活中出现的问题，这也是我们结婚十年来几乎不吵架的缘故。”我说。

“您平时在生活中也是一个像《中医世家》里的鹤子一样的大女人吗？”记者问道。

“我在生活里可不是个大女人，虽然周导总是在公众场合说我对他要求严格，很多事情都要听我的，但那只限于家务事，比如说什么时候擦桌子，什么时候扫地板，其他的大事一切还是以周导为中心。”我说。

“那您和周导结婚这十年，有什么遗憾吗？”自打我和周坚强在一起，记者对我的采访好像总是离不开我们俩的事情。

“遗憾？ 好像也没什么遗憾。 非要说一个的话，我和他在结婚的时候没拍婚纱照应该算一个。 我在电影电视里跟很多人都拍过婚纱照了，但是生活中，和周导直到现在也没拍过。”

“沈雪，她同意离婚了！”

这是 1999 年普通的一天，我和周坚强在一起已经六个年头了，这是他的妻子第一次主动和他说答应离婚。

“真的吗？ 感觉有点儿意外。”我对周坚强说。

六年前，我答应和周坚强在一起，那个时候他就在第一时间告诉了他的妻子，希望两人能和平分手，毕竟爱情不存在了，这么拖着对双方都不好。 但是周坚强的妻子听了之后，也不吵也不闹，唯一采取的行动就是不同意离婚。 即使周坚强和我在一起之后，就再没回过家，两人的婚姻已经名存实亡，可她还是很固执地不同意在离婚书上签字。 她可能从内心里想用这样的方法感化周坚强，我想，但是爱情没有了，结局终究不会圆满。

“可能她想通了吧，都这么多年了，女儿也已经大了，一直拖着还有什么意义。”周坚强说。

和周坚强在一起这么多年，除了没有婚姻那张纸，我们和普通的夫妻没什么区别。 前几年的时候，我走到哪儿都有一些人会投来异样的目光，觉得我是第三者插足，在破坏别人的家庭，我很委屈，在周坚强面前也掉过眼泪，可即使是这样，我打心眼儿里还是不愿意放弃我和周坚强之间的这份感情。 在一起的时间越长，我越觉得我们两个分不开。 那时候我都已经做好了准备，如果周坚强他妻子坚持不和他离婚，我就这样跟他一辈子。

等了这么多年，终于等到这一天，我一时不知道是高兴还是难过，这六年来的所有委屈和快乐都一下子挤到了我的脑袋里。

“沈雪，让你受委屈了，我们终于能结婚了！”周坚强说。

我在电话这头儿没说话，一个劲儿地点头，眼泪已经悄悄地滑过脸颊。

周坚强轻轻地挂上了电话，我想他懂我现在的感受。

办完离婚手续不到一个星期，我和周坚强就迫不及待地准备去领结婚证。 我觉得一刻都不能耽误了，这个证已经晚了六年了。

“你看该开的证明都开齐了吧？ 主要是你的户口证明，别让咱去一趟还办不了。”周坚强和我花了一个多星期的时间，把该准备的证明都准备好，虽然那时候我们两个都算是名人了吧，可人家民政局对我们也没啥照顾，该有的东西一样不能缺。

“嗯，都弄好了，出发吧！”我和周坚强兴奋地出了门儿。

手续齐备，在民政局办理的过程也很顺利，大概半个多小时，我和周坚强就成为了真正的夫妻。拿着鲜红鲜红的结婚证，我跟做梦似的，原以为这辈子都没机会拿到了。

“沈雪，有个事情我还得和你商量一下。”从民政局出来，周坚强有点儿不好意思地和我说。

“啥事儿，说吧！”婚都结了，还有啥事儿不能商量的，我还沉浸在结婚的喜悦之中。

“咱们结婚的消息能不能先别和媒体说，我怕我刚离婚就结婚，太刺激她了，要是弄出点儿什么事情来，对咱们也不好。”周坚强在指他的前妻。

“行。”我想了一下和周坚强说。

“娶了你真是三生有幸啊，我就知道你肯定会同意。”周坚强感激地看着我。

“这么多年我都过来了，也不在乎现在这么点儿时间。”我说，“那我们还办婚礼吗？”

“办，当然办，下星期就办。”周坚强高兴地揽住了我的腰。

“那你也得答应我一个条件。”我说。

“什么条件？”周坚强有点儿紧张。

“我们都结婚了，你得给我改个称呼，不能和别人似的叫我沈雪，显着多不亲切啊！”我说。

“还以为你要定十条八条家规呢，我刚要说后悔这么快登记了！”周坚强故意耍我，说完自己早就一溜烟儿跑着去开车门了。

“你敢后悔？ 现在我就给你定家规。”我笑着追了过去。

“哪儿敢呢，你就饶了我吧，沈老师。”周坚强说，“哎，就叫沈老师，显着亲切，又显着你是当家的，以后家里的事情就都听你的了。”

“嗯，好，‘沈老师’不错，就这么定了。”

我们俩的婚礼筹备了两个多星期。 其实也没什么好准备的，

就是约朋友们一起吃个饭，关键是把人邀齐了就行。

婚礼那天，我穿了件红色的旗袍，周坚强穿了套黑色的西装，就在以前我们经常去的老李的度假山庄办了几桌，都是朋友，消息也不容易泄露给媒体。

“沈老师，我一定得系这个红领带吗？”我正在化妆，周坚强跑进来问我。

“结婚不得系一回红的啊。”我从镜子里看着周坚强。他平时很少穿正装，偶尔这么一穿还挺精神。

“我怎么感觉自己就像个乡镇企业家呢，系上这玩意儿！”周坚强摆弄着脖子上的那条领带，怎么弄都不适应。

“行了，别挑了啊，你这乡镇企业家娶这么个年轻漂亮的老婆还不得在一旁偷着乐。”我回头笑周坚强。

“嘿嘿，好吧！那你呢，你待会儿要换几套衣服？”周坚强憨厚地笑了笑。

“我看我就穿这身儿得了，那么多朋友，招呼都招呼不过来呢！再说我也得照顾你不是，把我弄那么漂亮了，不是更显着你闹心了嘛！”我说。

“吆，这还是为我好啊！ 真行。”周坚强乐着，“那成，你快点儿啊，客人差不多都到了，我先去招呼。”周坚强对着镜子把领带系上就去迎宾了。

“嗬，这么多人啊！”等我到大堂的时候，我自己都吓了一跳，演艺圈能来的都来了，比颁奖典礼到得还齐呢。

我赶紧去找周坚强，司仪要准备开场了。

婚礼的仪式很简单，等司仪把该说的话说完，底下的客人终于等到机会了。 每桌的客人都跟一家人似的热闹着，拽着我和周坚强不放，硬是要让我们喝几杯。 我们俩杯子里刚开始还是白酒兑水，红酒兑可乐，后来也是高兴坏了，心想人生中就这一次，还不得喝痛快了。 我和周坚强就都换了真酒，一杯接一杯地陪大家喝，这可连累了跟在我们身后的戈六和刘青，两人本来是帮着我们挡酒的，酒杯里的酒也是假的，但我们换了，他们也得跟着换，一个晚上喝了不少。

婚礼进行到快结束的时候，我就看着周坚强满场子要酒，知道他是已经喝多了，赶紧让戈六他们把他抬回了房间。 这时候客人们也都喝得差不多了，我一个人在门口开始送客，客人们看着只剩下“光杆”新娘的婚礼，一个个笑得都直不起腰来了，我也不在乎，只等着收了大家的祝福，乐呵呵地目送他们返回度假山庄的酒店休息去了。

直等到第二天中午醒来的时候，周坚强还纳闷自己是不是参加完婚礼了，关于婚礼的后半程，他已经完全不记得了。

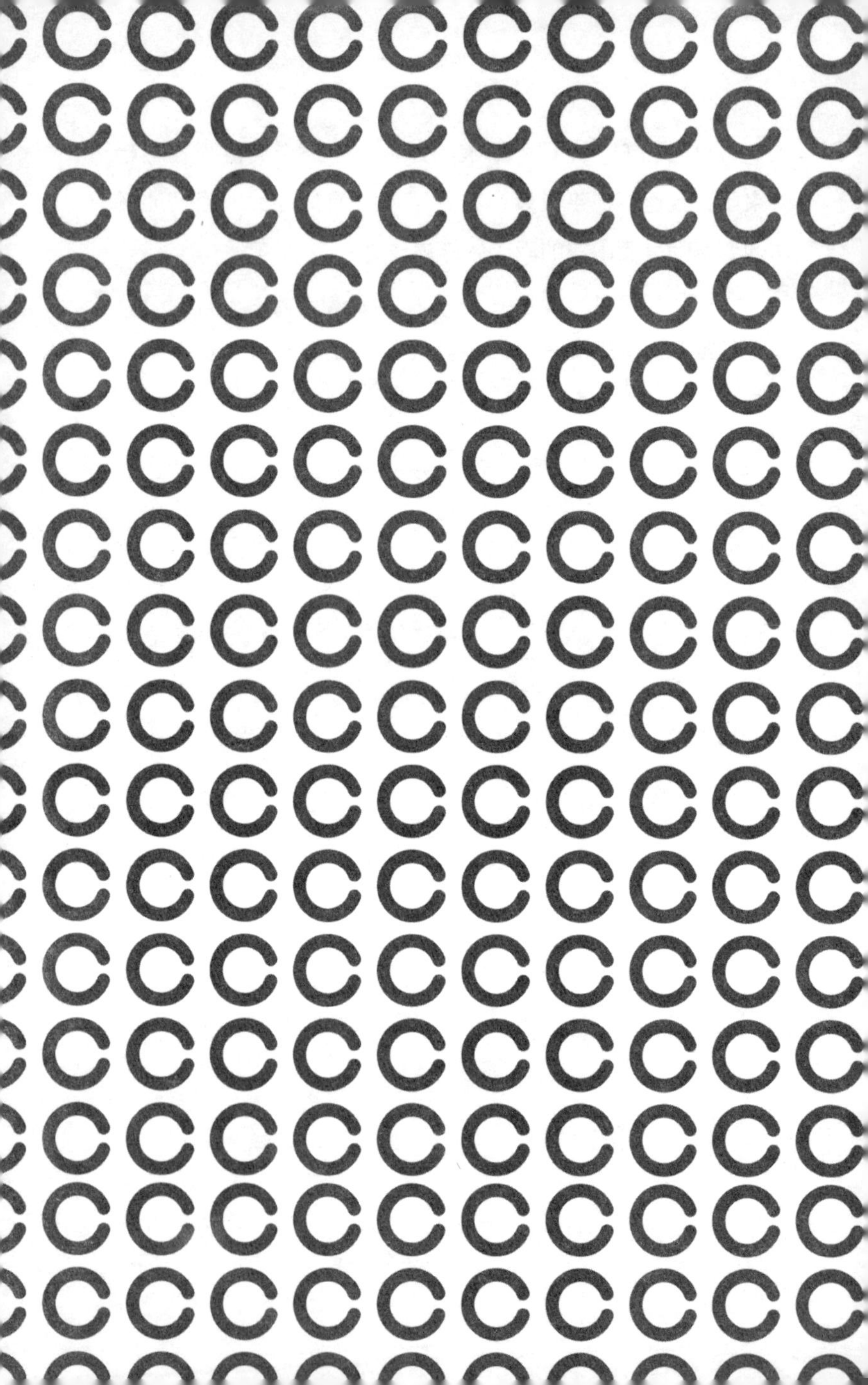

贰拾肆

《好梦成真》拍摄前，程烈断然拒绝了周坚强的稿费。这让本来已经有些疏远的两个人彻底断了联系。我曾经问过周坚强，两个人的关系怎么就走到了这一步，周坚强自己也说不好，不过对于程烈那样特立独行的人来说，只要他觉得你做事的方式或者看问题的方法或者什么别的不合他的胃口，他大可以不讲以前的情面，并且想要再得到他的接受是难上加难的。可能周坚强也知道这点，所以即使他心里对于这样的结果也很难过，但是，他也没再费周折去弥补，因为他知道即使那样也是于事无补。

离开了程烈的周坚强，开始一心一意地搞自己的贺岁片。

在《好梦成真》和《约定》火得一塌糊涂的时候，1999 年，周坚强乘胜追击，准备再推一部《追债》。就在本子刚刚酝酿好的时候，周坚强再次遇到了人生中的贵人。

“这是周坚强。坚强，这是我和你说的程大伟、程小伟，兄弟两个都是相当棒的老总。”

程大伟和程小伟是兄弟俩，属于当年在国内事业有成的海归派，彭总之前就和周坚强说过他们想进军影视圈。在我们做完《约定》在北京的一次影迷见面会之后，彭总给周坚强介绍着。

“幸会幸会！”周坚强赶忙跟两位打招呼。

“这位是沈雪，著名演员，周导的太太。”彭总接着说。

“您好，您好！”我也和两位程总打着招呼。

“我们到贵宾休息室坐会儿吧，因为坚强他们待会儿还有下一场宣传，可能今天没那么多时间陪两位了。”彭总说。

“好的，我们今天就是来看电影的，没想到还真就碰上你们了。”程大伟说。

我们几个人一起向贵宾室走去。

“我和小伟去年看过《好梦成真》，没想到今年这个《约定》更好看，周导确实是一个难得的喜剧片导演啊。”程大伟说。

“您过奖了！”周坚强笑着说，“我这也是在摸索。原来我就是一学美术的，后来当兵转业后跟这行才沾上了边儿，也是很多人给我这个机会，我才有今天这个成就。”

“还真巧了，我也是学美术的，也当过兵。”程大伟说。

“我说怎么咱俩的气质有点儿像呢。”周坚强笑着。

“应该不会吧，他们都说我也能划拉到帅哥的行列里呢！”程大伟开玩笑说。

我在旁边看着两人聊天，突然觉得他们像是已经认识了很久的老朋友了。

“接下来周导还有什么片子在准备当中吗？”程小伟问。

“已经弄好一个本子了，叫《追债》。”在《约定》上映的时候，周坚强一边儿忙宣传，一边儿弄剧本儿，大致框架已经出来了。

“也是贺岁片吗？ 是讲什么故事的？”程大伟说。

“是贺岁片，讲一个出租车司机为了要回自己的工钱，绑架老板女友引发的一系列搞笑的故事，还是用‘戈六 + 美女’的模式。”周坚强介绍道。

“这部戏大概需要多少投资？”程小伟问。

“我想怎么也得 1000 万左右吧，跟《约定》差不多。”周坚强说。

“那现在投资拉来了吗？”程大伟问。

“还没。”周坚强说。

“那我们来投，1000 万。”程大伟说。

程大伟和程小伟的爽快让在座的各位都大吃了一惊，仅仅是几句话，都还没看过剧本，没了解过导演，就投了 1000 万，要知道 1000 万在当时可也不是一个小数字。虽然他们两个在广告界已经有一点儿名气，可毕竟不是同一个行业，大家对他们兄弟俩也不是很了解，不知道这个事情有多少是靠谱的。

程大伟好像看出了我们的想法，说："从美国回来后，我和我弟弟赚了一些钱，不多，也就四五千万，但是投资一部电影已经绰绰有余了，所以对于资金你们不必担心。我们从去年就在关注周导了，他的片子也看了，确实是个难得的导演，今天一见果然有种相见恨晚的感觉，所以才会这么爽快地答应投资。如果周导同意，合同明天到公司就能签，希望大家合作愉快。"

和程大伟 1000 万的合作，就在电影宣传的这十几分钟内搞定了，周坚强高兴地说："好，好，我明天就到公司去拜访。"

告别了程烈，周坚强又遇到了程大伟和程小伟，与受程烈帮助、扶持不同，这次，周坚强与程氏两兄弟的关系更像彼此帮助成长的搭档，此后这种关系被程大伟亲切地形容为"兄弟"。

周坚强和程大伟、程小伟的合作无疑是成功的，那两个后来被业界赞为“最擅长整合资源”的人，给周坚强带来了一股新鲜的空气。《追债》全国 3000 万的票房，再次加固了周坚强“全国最赚钱的导演”的地位。

贰拾伍

“坚强，你看今天的报纸了没？”我拿着从人艺带回来的报纸进了屋，周坚强正在书房里工作。

“什么报纸啊？ 我今儿一天还没出过房门呢！”周坚强伸了个懒腰。

“又在桌子前坐了一天啊，这样下去身体怎么受得了啊！”我让周坚强坐在沙发上，帮他揉揉肩，“今天报纸上登了篇文章，写‘贺岁三年的周坚强’，说你拍《好梦成真》成功了，是正好瞎猫碰上了死耗子；拍《约定》又成功了，是碰上死兔子；到了今年《追债》又成功了，他们说你赶上了贺岁片的好时期。”

“嘿，还真会用词儿。好啊，那我今年休息一年，不拍贺岁片了，拍别的，看看这回他们还会说我碰上什么！”周坚强不愠不火地说。

“你真的不拍贺岁片了？”我问周坚强。

“那还有假！我今天在家正琢磨这个事情呢，要拍什么我都想好了。”周坚强说。

“你要拍什么片子？”我问他。

“你还记得前几年被毙的那个《情人》吗？我就拍那个。”周坚强说。

“你怎么还一直惦记着那部戏啊！那时候都投了100多万了，电影局还不同意，现在能拍吗？”我不想让周坚强再冒险。

“嗯，我会在那个基础上把本子改改，着重表达对小人物生活的关照，减少一些程烈小说里原本的深刻和冰冷，多加些情趣与温情在里面。”周坚强很有信心。

“那现在本子弄好了吗？”我问周坚强。

“这还是个麻烦事儿，小说是程烈的，我得经过他的同意才能改。可你也知道，这几年和程烈也不知道怎么弄得越来越生疏，我看还得找人帮忙，我怕我自己去找他把这事儿给弄砸了。”周坚强说。

“找范老师吧。”范中原和程烈的关系好，应该能说得动他，我想。

“嗯，我也是这么想的，明天就去找他。”周坚强说。

果然，范中原只是和程烈打了声招呼，程烈就同意周坚强改编这部小说了，他让范老师带话给周坚强说，反正以前已经改过一遍了，其实不用再和他说了。

在得到程烈的批准之后，周坚强的本子很快就弄出来了，随即就拿到电影局送审。四年前被毙的电影、那部几乎把周坚强推到谷底的电影，这次得到的是一个大大的“通过”，可见生活的幽默有时候就是这么血淋淋的。

《情人》的样片出来后，周坚强通过范中原邀请程烈来看

片儿。

“程老师，怎么样，您看了？”看完样片儿后，周坚强走到程烈身边问，这可能是周坚强和程烈分开之后第一次和程烈说话，语气里还是掩饰不住有点儿紧张。

“不错，不错！”程烈简单地说了两个词儿，就起身和周坚强告别了。范老师送程烈上了车。

“程老师怎么说？”范中原刚送完程烈转身回来，周坚强就迫不及待地问。

“他刚才不是说给你听了吗？你还要听？”范中原说。

“我看着他的表情就知道刚才是在敷衍我，你就说吧！”周坚强说。

“他说你的这部片子把所有中国电影的缺点都集中到一起了。”范中原说。

周坚强听了没说话，脸上很快地扫过一丝哀伤和难堪。虽然周坚强和程烈不再合作了，但是对于这位一直被他尊称为“北斗星”的人的评价，周坚强却很看重。他知道程烈肯定会批评，不过可能没想到言语会这么激烈。

但既然现实都已经是这样了，周坚强也只能无奈地接受。

不过，说到对电影的评价，这几年倒是有个特别奇怪的现象。

周坚强这几年电影的票房在全国一直是傲视群雄，但很奇怪的是他的电影出来之后，除了我们自己的宣传外，评论界的声音几乎为零，一些专业的影评人士根本不理睬周坚强的电影，而国内另外两大导演赵英雄和卓非凡却是另外一种境况，只要一拍片，不管是褒奖还是批评，反正都是热热闹闹的。刚开始周坚强并不在乎，我们也都觉得票房好就好了，电影本身就靠观众来检验嘛。不过《情人》上映之后，这样的情况发展到了极致，彻底把周坚强给激怒了。

“周导，这次金鸡奖，您的《情人》连提名都没有，您怎么看？”我和周坚强好久都没一起到外面吃饭了，在忙完《情人》之后的空档期，我们俩没事儿就一起到外面吃个晚饭啥的，好像刚谈恋爱那会儿。这天，正走在饭店门口，记者就冲上来拦住了我们。

周坚强一早就收到了这个消息，能成为当年票房第二的电影

却连国内的一个电影节的提名都拿不到，这两天周坚强正在气头上呢，没想到这个记者正撞到了枪口上。

“你不提还好，真要问我的看法，我就告诉你，以我的性格来讲，我不想装孙子，打个哈哈就过去了，有话就得说话。这届金鸡奖评选入围电影名单里没有《情人》是对这部电影和这部电影的创作集体的不公正，是评委的偏见造成的。”周坚强的表情很严肃。

“那您觉得这个偏见是什么？”看来记者一定是要把周坚强激怒了才罢休。

“年内迄今为止，《情人》的票房成绩在全国位居第二，而这还是一个依赖零售并忍受了盗版 VCD 噬害后取得的成绩。不过，摆在眼前的事实是，在金鸡奖学术性专家评委们的权威姿态下，我们这点‘市井’成绩压根儿算不了什么，连给个提名入个围都是多余的。”周坚强说。

周坚强越说越气愤：“他们认为我的电影有待提高。这就是那帮专业的评委，要不一句话不说，要不就说出一句混帐的话来。他们忽略了一个基本事实，从电影作品对电影市场的影响看，1997 年到 2000 年，近四年的时间，是我的电影帮助了中国电影，而不是中国电影帮助了我。我问你，评奖的目的是什么？ 是为了电影的繁荣与发展。 但是你们看看，在这样全国最权威的电影节上，评选有体现这个吗？ 也许他们觉得‘我们不能把这个荣誉给你’，可是按照辩证法‘事物都有两个方面’的法则来讲，我觉得是我把荣誉带给了金鸡奖。 你今天也别觉得我狂，整个影片和创作影片的这个集体被无视，我还羞答答地憋着生闷气干嘛？ 我愿意承担这样一个结果，说这些话得罪了金鸡奖，得罪了评委，得罪就得罪了，我可以永远不参加评选，永远都不要一句这些所谓专家的点评意见，这对我来说没有什么，但是没有我的电影，他们会很没有面子。”

“但是沈雪还是凭借《情人》获得了最佳女配角的提名。”记者插话道。

“在对这部电影、这个创作集体都不公平的情形下，我获得这个最佳女配角的提名是很尴尬的。”我和记者说。

“你看，沈老师这么优秀的演员，在大是大非面前的表现那还是很不错的。”周坚强激动的情绪缓和了一些，“电影是一个集体创作，没有整体的努力，哪是一个人想要演好就能演好的？ 所以我还得一个劲儿安慰沈雪，跟我拍戏，肯定吃亏，要是拍别的戏，以沈老师的演技，早就抱回家一大摞奖了，但是跟我不行。 你看我这态度这么得罪人，人家不待见我，也不会待见你。”周坚强说完，冲记者做了一个到此为止的手势，拉着我进了饭店。

虽然说话解了气，但是好一阵子，周坚强还是处在得奖与票房巨大不平衡的困顿中。

贰拾陆

“小伟，我有个故事，你听听。”周坚强坐在家里的沙发上，给程小伟打电话。

自从《追债》之后，周坚强和程大伟、程小伟之间的合作就固定了下来，程大伟、程小伟的程氏兄弟传媒公司，在娱乐圈已经是赫赫有名。

“嗯，你说。”电话那头儿的声音很清晰。

“故事叫《乘着歌声远去》，讲的是……”周坚强坐在沙发上神采飞扬地说了十多分钟，我听着电话那头儿一直没

动静。

“故事不行，重新想吧！”听完周坚强的描述之后，程小伟只给了一句话，就挂了电话。

周坚强放下手机之后也没生气，有点儿调皮地和我说：“沈老师，小周的故事遭到了小伟的严词拒绝！”

“嗯，我听到了，那你就再创作呗！”我边拖地板边和周坚强说。

“好吧！ 小周这就去再创作了。”周坚强说着走回了书房。

周坚强和程大伟、程小伟的性格很像，说什么都很直接，沟通起来也很方便，什么行什么不行，都是痛痛快快的，这几年大家在合作上从来没闹过别扭。 好在周坚强的创作能力是很高的，不几天他就又会想到新的故事，我从来不替他担心。

“小伟，我又有一个故事。”果然，没过两天，周坚强就又给程小伟报告。

“好，你说。”程小伟应着。

“故事是这样的……”周坚强每次说到自己的创意时都很兴奋，举着个手机在客厅里走来走去。

周坚强手足舞蹈了十多分钟后，对方好像也还是只说了一句话就把电话挂了。

“怎么，还是不行啊？”我问周坚强。

“程总说，这个故事更离他远去了。”周坚强无奈地摇了摇头。

“哦。”我忍不住笑出了声儿。

“故事都被否了，你笑什么啊？”周坚强莫名其妙地看着我。

“没有，没有，其实内心还是挺替你伤心的，就是有点儿憋不住了，小伟跟你在一块儿，变得越来越幽默了，你瞧那话说的。”我边说边笑。

“娘子，你对夫君太残忍了！”和我在一起以后，我唱戏的兴趣也潜移默化地影响了周坚强，他时不时给我亮一嗓子。

“好、好，不笑了。”我抿着嘴，赶紧把周坚强推回了书房继续创作，不然我一定会笑个不停。

还好，这一次之后，周坚强的故事终于通过了。2001 年，在观众热热闹闹的要求下，周坚强带着《葬礼》再次挺进贺岁档。

这次和以往不一样，因为程大伟说，《葬礼》是中国加入 WTO 后首部吸收好莱坞资金的电影，也是周坚强走向国际的第一步。

果然，在开拍前，我就见到《葬礼》的投资方名单，包括程氏兄弟公司、北影厂和好莱坞一家电影公司，光是投资阵容就闪耀着巨大光芒了，《葬礼》就在这样的光环下热闹开机了。

“嫂子，不好了，周导心脏病犯了。”这是 2001 年 5 月的一天，《葬礼》开机不久。

我正在人艺排演话剧，周坚强的制片主任老陆打来了电话。排练室的外面太阳正火辣辣地照着，可我的眼前却突然漆黑一片。

“沈雪、沈雪，你没事儿吧？”我打了个趔趄，腿根子发软差一点儿没站住，和我一起排演话剧的小夏忙过来扶住了我。

“哦，我没事。”我一手扶着小夏的胳膊，另一只抓着手机的手扶着脑门，好像脑袋有千斤重一样。

“电话里说什么了，怎么你额头上都是汗珠子？”小夏焦急地问我。

“周导犯了心脏病。”我有气无力地说着。

“严重吗？ 那还愣着干什么，赶快去看看啊！”听了小夏这句话，我才想起来我还没问老陆病情怎么样，现在在哪家医院，我的脑子里一片空白，竟然什么都想不起来了。

“哦。”我赶紧答应着，“喂，喂！ 老陆，还在吗？ 周导现在怎么样？ 送哪个医院了？”老陆的电话还没挂，我急着问。

“在片场时我已经给他吃了两颗救心丸，不过情况还不是很

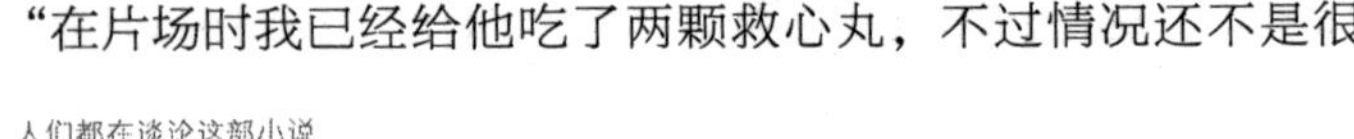

好，已经送到301医院了。”老陆说。

我来不及和大家打招呼，冲到舞台下面抓了包就往外跑。

“沈雪，你小心点儿，注意安全！”背后传来小夏的声音。

等我冲到医院的时候，老陆、陈述他们都在病房门口站着。

“周导呢，周导情况怎么样？”我看着他们脸色一个个都很凝重，心就扑腾一下跌到了谷底，“他不会？”我的眼泪一下子不受控制地涌了出来。

“嫂子，别急别急，周导现在已经脱离危险了，心电图、血压什么的已经趋于平稳了，但还在病房里观察。”老陆说。

我一屁股坐在病房外的椅子上，心还在扑通扑通地跳，“吓死我了，吓死我了！”我在嘴里不断重复着这句话。

等我稍稍缓过神儿来的时候，老陆和我说：“今天早晨在拍完第一个镜头后，周导正和副导演老张说话，突然间脸色煞白，满脸虚汗，我赶紧把他扶到车里。他叫我拿了两颗救心丸给他，吞咽下去之后，用微弱的声音告诉我要马上去医院。还好周导自备着救心丸，还好送来得比较及时。”老陆脸上的惊吓还没过去。

我点点头，觉得手脚还没恢复力气，脑子有点儿缺氧，晕晕的。

大约到上午十点半的时候，医生从病房里走了出来。

“情况怎么样，医生？ 我是病人的家属。”我一个健步冲到了医生面前。

“你们这些人是怎么搞的，病人刚才的那种情况是很危险的，心脏疾病在40岁以后发病率很高，尤其是休息不好、劳累过度、烟酒过多的情况。 你们知道病人有这个病，还不照顾？ 一看就是劳累过度，还喝酒吸烟。”医生说。

“嗯，都是我的不好。”我和医生说，“那他现在的情况怎么样？”

“现在基本稳定下来了，但是还要观察，你们要进去看的话可以进去，不过不要让病人说话，他的身体现在很虚弱，目前的身体感受也应该很不好。”医生说。

“好的，好的，我们知道了。”医生走后，我和老陆、陈述

进了病房。

一看到周坚强躺在病床上、吸着氧气的样子，我的眼泪扑嗒扑嗒就落了下来。 周坚强的手微微从病床上抬起，想要握着我的手，我赶紧伸了过去，周坚强用了点儿力气握了一下，让我不要担心。

周坚强的眼神儿望到了老陆，老陆赶紧走到了床边。 “把今天的戏拍完，让老张指挥。”周坚强说话还是很困难，有点儿呼吸不上来的感觉。

“好，我知道了，周导您别说话了，我去安排。”老陆说完，看看周坚强没有别的指示了，就和陈述出去给剧组的工作人员安排工作去了。

我搬了把椅子坐在周坚强的病床前，紧紧握着他的手。

“坚强，你躺那儿听我说，你别说话。 你知道吗，你刚才快要把我吓死了，我一听你被送到医院，吓得六神无主。 你是咱们家的顶梁柱，你千万不能有任何闪失啊！ 医生说了，你以后不能过度劳累，不能喝酒，不能抽烟，我得监督你。”我边流着眼泪边和周坚强说。

周坚强看着我，眼睛里有了点儿笑意，看来是同意了我的话。

一直等到了下午两点半，周坚强的病情总算是控制住了，心电图和血压也都恢复了正常。

“我还得回趟剧组。”周坚强说话已经没有那么困难了，但是脸色还是一片惨白。

“都病成这样了还回去？ 明天再回吧。”我说。

“不行，今天的戏都是重头戏，我得回去，怕老张一个人不行。”周坚强坚持要回去，从病床上坐起来就要下地。

“好，好，我陪你回去，你别动，等着我给你把鞋穿上。”我给周坚强套上了鞋，搀扶着他回到了片场。

周坚强到片场的时候，大家都在井井有条地准备着。 他的身子还很虚弱，硬撑着坐在监视器前，和老张讨论拍摄方案。我一直坐在旁边扶着周坚强，让他喝水，给他扇着扇子，生怕他再有一点儿闪失。

下午六点，全天的拍摄任务结束。

“明天还按照原来的拍摄计划走，同样的景，同样的道具，同样的气氛，十点准时开机。”在剧组人员解散之前，周坚强最后安排着，像是什么事情都没有发生一样。

我在一旁看着周坚强虚弱的身影，觉得心都在疼。

周坚强的坚持没白费，2002 年贺岁档，《葬礼》收获了 3800 万票房。 时隔一年再拍贺岁片，周坚强用实实在在的票房证实了他对中国贺岁电影的掌控权。

贰拾柒

虽然周坚强带着病痛兢兢业业地拍完了《葬礼》，但是这一场病，还是让他心有余悸。后来，只要稍微有一点儿不舒服，他就赶紧吞两颗救心丸、打开氧气罐吸两口防备着，而在很长一段时间，他也成了“乖孩子”，不吸烟不喝酒，这倒是替我省了不少心。

2002 年的春节过后，我和周坚强应邀到纽约参加一个活动。

到纽约的第二个晚上，我就快进入梦乡了，忽然感觉到周坚强用了很大的力在推我，我赶紧扭身一看，周坚强脸色有点儿发白，呼吸也急促起来。我知道他的心脏又开始难受了。

我一骨碌爬起来，从包里拿出救心丸先让他吃了两颗。经历了《葬礼》拍摄期间那场心惊胆战之后，再遇到这种情况，我已经没有以前那么慌张了。

“好点儿没？”我把周坚强的头微微抬起，放在我的胳膊上，让他躺在我怀里，好让他的呼吸能够顺畅些。

周坚强点点头，但是还是有些难受，不能说话。

这怎么办？我不懂英文，待会情况要是还不好转，找谁帮忙啊？我焦急地看着周坚强。

“坚强，你放平呼吸，不要想着你的心脏，我给你讲个故事听。”我给周坚强慢慢地讲了一个小时候听的故事，转移着他的注意力，我发现他的呼吸开始渐渐地平稳起来，后来居然安静地在我怀里睡着了。

我就这么抱了他一个晚上，看着他熟睡着像婴儿般的脸，我很庆幸自己现在能够时刻在他身边照顾着他，我觉得自己心里的幸福肯定像剥了纸的糖块儿一样，甜腻腻地诱人。

第二天，太阳刚刚升上来，天空还在泛白的时候，周坚强醒了过来。

“你抱了我一个晚上？ 你都没合眼？”周坚强把自己的头放回了枕头上。

“嗯。”我笑着收回了发麻的胳膊。 周坚强的脸色好多了，一整晚的好觉竟还让他的脸微微有点儿泛红。

周坚强紧紧地抓住了我的手，连手心里好像都是感动。

“我觉得我好像好起来了。”周坚强看看外面的天空说，“现在的感觉特别的好，好像回到了生病前。”

“嗯，那就好，一切又要开始恢复生机了。”我摸着周坚强的脸，那时候我突然意识到，这个人在我的生命中究竟有多么重要。

周坚强的身体好转以后，他就忘记了医生的嘱咐，一下子又扑到自己的电影里去了，他成立了一个自己的工作室，和程氏兄弟公司也成了真正意义上的合作关系。

“坚强，你手机没开吗？ 刚才范老师打电话给我，说你的手机打不通，他好像刚刚完成一部小说，要来工作室找你。”

这是2002年的九月，周坚强的工作室正在如火如荼地运作着，在我推门进来的时候，程小伟正悠闲地坐在工作室的沙发上，摆弄着手机，我赶紧也打了个招呼，“程总，您也在啊！”

工作室里还坐着周坚强的制片主任老陆和小武，都是工作室的成员。

“嗯，刚来一会儿。”程小伟说。

“没电了，我都不知道。”周坚强看了一眼桌子上的手机说，“你和范老师说让他直接过来吗？”

“嗯，可能马上就到了。”我说。

正说着，范中原的身影就出现在了工作室门口，脸上带着一片秋收时的喜悦。

“范老师好！”周坚强在大老板桌后面给范中原毕恭毕敬地鞠了个躬，惹得大家一阵哄堂大笑。

“坐着欢迎就好，还鞠什么躬！”范中原故作一脸严肃地说。

“范老师，您今天来是有什么指示啊？”周坚强问。

“指示谈不上，我只是刚刚写完了一部小说，过来串个门儿。看我埋头苦写的这些日子，你们又都干了什么‘勾当’！”范中原说。

“范老师，您这就不对了，您忙着那是写作，我们也忙着可怎么就成了‘勾当’了！差别怎么这么大啊！”程小伟把手机放回了口袋里说。

“都差不多，都差不多。”范中原打着哈哈。

“范老师，我最近还真是和您一样，在创作！不过就是遇到了点儿问题。”周坚强说。

“什么问题？”范中原问。

“前一阵子，戈六他妈给我推荐了个短篇小说，10000 多字，故事很不错，我就想拿着改，把它弄成电影。”周坚强说。

“然后呢？”范中原插话道。

“然后，我就改啊！ 可是越改我越找不着感觉。 文章里的人物关系特别独特，乍一看很有戏，但是一落实到剧本上，我发现好像根本不是那么回事，到了后来就纯粹是在编故事了，我设计了好多好多情节，想把这故事给说圆了，然后就又发现小说里原来的很自然的东西不见了，我给他弄上的都是一些假肢。 我估计这片子弄出来应该也还不难看，但是本质上的东西肯定不见了，所以我现在特别郁闷。”周坚强说。

“这其实就是一个‘向生活要艺术’还是‘向艺术要艺术’的问题！”范中原开始很专业地分析起来。

“喂，哎，是，你说。”范中原刚概括了个中心思想，老陆的电话就响了，老陆弯腰在桌子下面接，范中原索性停下来等他。

老陆是一个很奇特的人，见到他面儿的人都觉得他是一个沉默寡言、不善言谈的人，你和他说话，除非是不得不多做解释，否则他只做最简短的回答，剩下的时间就是沉默。 但是一接起电话来，他的口才能胜过主持人。 作为周坚强的制片人，他的大部分工作好像都是在电话中完成的，在电话里谈得差不多了，见面最多也就签个合同啥的，不需要太多的话。 所以，老陆的手机每天的利用率不下十个小时，连周坚强都说，如果老陆以后不在人世了，一定要在他墓碑的墓志铭上刻上“正在通话中”。

“这是创作的两种途径，如果选择了后一种，必定会出现很多人为的、概念的东西，这样的电影拍出来肯定是空洞的，没有灵魂的，尽早放弃是一种明智的选择。”老陆的电话接了三分钟，挂断后，范中原继续说。

“哎，没在忙！ 我干嘛呢？ 当然是在等你电话呀！”老陆的电话刚挂断，程小伟的手机又响了，暧昧的声音在屋子里响起，范中原不得不再次停了下来。

“程总，有个问题我想问你，当然你可以回答也可以不回答。”等程小伟好不容易挂断电话后，范中原问他。 显然自己刚才的理论已经被这些电话打乱了，范老师被程小伟的电话吸引了过去。

“那我就不回答！”程小伟说。

“是女的吗？”范中原对于程小伟的回答早有准备，所以他也不管，继续问。

“我下了班从来不接男的电话。”程小伟笑着说。

程小伟那时候30岁出头，管着自己公司旗下众多漂亮的女艺人。整天见到他的时候，只要不工作，电话就一个接一个，语气一个比一个暧昧，用他自己的话说，都是下了班联络感情的。

程小伟的回答，让范中原没了话，垂头丧气地又转回了刚才的话题。

“你多拍一部电影对你来说有多大意义？硬挤硬凑出来的东西没有意思，连你自己最后都会失去阅读剧本的勇气，更何况还要把它弄成电影。”范中原看着周坚强说。

就在范中原重新讨论起周坚强剧本的时候，老陆和程小伟的手机声又开始此起彼伏，这次程小伟走到了工作室的隔间去接，声音很小，老陆倒还在那儿，这次没弯下腰去，接得理直气壮。

范中原显然对这样的事情有起了极大的兴趣。

“坚强，你说这次打电话给小伟的和刚才那个是不是同一个人？”范中原问。

“肯定不是。”周坚强说，“刚才暧昧点儿，但是还坐在我们面前接，现在都躲开我们了，跟这个人肯定关系不一般。”

“那你说老陆这个电话是谁打来的？”范中原问。

“一听就是工作的电话，语气那么严肃。”周坚强说。

范中原陷入了沉思，不再说话。

“看来这电话里隐藏的秘密还真多。光是看接电话的人的态度、语气和回答的内容，就觉得很多电话都险象环生、扣人心弦呢！”过了良久，范中原说。

“对，我应该拍个电影就叫《秘密》。电话本来是用来沟通的，可它却让人们有机会心怀鬼胎，不管是对老婆或者对朋友或者对仇人，这时候电话好像不单单是电话了，反倒成了间谍或侦探。”周坚强说。

“这就是‘向生活要艺术’，坚强，你学习得够快的。”范中原拍着周坚强的肩膀，两个人一副终于找到了光明的样子。

“范老师，剧本你来操刀吧，我等着你的好消息。”周坚强说。

“好！”范中原爽快地答应了。

“那本子不是个悬疑片吧？”周坚强问。

“从表面上看，它是用喜剧的形式来表现的，但它同时又是令人生畏的。这种创作上的悖反，恰恰加深了从生活走向艺术的力量。我看它可以成为一部贺岁片。”范中原说。

这时候，老陆和程小伟的电话也先后挂了。

“小伟，下一部电影的故事已经有了。”周坚强和程小伟说。

“这么快？刚才不是还在郁闷吗？”程小伟很惊讶。

“就用你当现成的素材啊，不是说要‘向生活要艺术’嘛！”范中原说。

“我？我的什么事情啊？你们可不能拿我胡来啊！”范中原的话让程小伟紧张了起来，我和周坚强在一旁哈哈大笑。

十月初，周坚强和范中原再次把故事脉络捋了一遍，范中原开始写本子。快到十二月的时候，范中原给周坚强打来一个电话说，本子差不多了，但还得给他一个多月的时间去修改。反正也赶不上 2003 年的贺岁档了，周坚强说，没事儿，慢慢改吧，赶明年的贺岁。

到 2002 年年底，周坚强这一年还是一片空白，没出一部新片儿，倒是赵英雄的第一部商业大片《侠客》腾空出世了。

赵英雄自从 1987 年拍摄《酒坊》成功之后，后来的片子几乎都深深地刻着中国文化的烙印，虽带着几分乡土气息，却是深刻反映着中华民族的传统和强大生命力的文艺片，《侠客》是赵英雄重要的转型之作。

“周导，您今年没出新片，你怎么看赵英雄导演刚刚首映的《侠客》，不知道您有没有看最近的影评，关于《侠客》的负面评论很多。”在家门口，居然也能遇见蹲守的记者。

“我们都要回家了，还不能网开一面啊？”我和守在家门口的两个记者说。

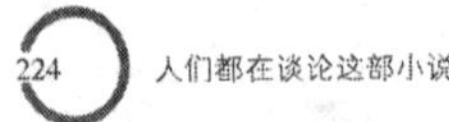

“我们也是交差，您就让周导说几句吧。”记者说。

“我觉得你们就是想勾着我说三道四，但是我告诉你们，当导演的千万不能嫉妒，你没拍，就恨不得人家《侠客》栽个大跟头？ 嫉妒人家也不能解决自己的问题呀！ 赵英雄在商业大片上已经迈出了一大步，赵英雄也说了，这是一部商业片，目的很明确：好看，卖钱。 我看这个目标他是实现了，而且干得很漂亮。”周坚强说，“行了吧，该说的我说完了，你们也能交差了。”

我不知道周坚强那时候有没意识到赵英雄的转型对于他的意义，但是后来的事实证明，《侠客》的出世确实给了他很多启发。

到 2003 年年底的时候，《秘密》如期在贺岁档上映，全国票房 5000 万。 对于商业电影的把控，周坚强好像已经得心应手了。

贰拾捌

“沈老师，你猜怎么着，《人本善良》通过审查了，我今年就搞这个了！”这是2004年年初的时候，刚过完年，我就已经忙得不可开交，同时接了两个剧组的戏，都没工夫照顾周坚强了。这天是周末，我向剧组请了假，从河北回了趟家，看看周坚强。

“就是前年你弄的那个本子？”我进屋直接躺到了沙发上，连续一个多月没休息了，我觉得自己的身子像是散架了一样。

“对呀。”周坚强一边儿眉飞色舞地说着，一边儿坐到沙发

上给我捏着已经酸胀的腰。

“前年电影局不是还在说以贼作为主题不好吗？”我问。

“对呀，那时候任凭我怎么解释，说这部片子就是写一个‘浪贼’回头，良知再现，最后回归好人的人性本善的故事，电影局就是摇头不同意，生怕我的电影给改革开放的祖国抹黑。唉，我后来也想通了，‘审’得严也算是上级对我的关心吧，谁让咱们的观众那么多呢！”周坚强说，脸上一脸得意。

“那现在怎么又同意了？”我问。

“可能是领导回头想了想，还是觉得此片的教育意义实在是胜过‘抹黑’功能，所以又同意开拍，还要在全国上下加强学习呢。”周坚强说。

“看来，领导是在扶持你啊！”事实上，当时确实很多个部门都对周坚强倍加爱护，他的电影从出生到落地，每个环节的宣传几乎都是超大规模、井井有条的，不允许出现任何一点纰漏，否则可能损失的就是好几百万甚至上千万的票房。

“那主角定了吗？”周坚强后来的片子，我几乎都没参与了。 外面老有人说我们是夫妻店，我演他的戏像是沾了多大光一样，我也就懒得演了。 其实刚开始演他的戏，一个是为他节省成本，一个是那时候的本子确实比较适合我来演。 后来，本子不合适了，我也就不蹚这浑水了，我拍我的戏，负责照顾好周坚强的生活就好了。

“你看到《侠客》了没，大成本、大制作、海外票房、国际影响，走出了一条新路子，确实给了我很多启迪。 所以，《人本善良》我要启用香港和台湾的知名演员，首先在演员阵容上要和国际化接轨。”周坚强说。

“这个路子是对的，你看人家，花大价钱就是能造出大的国际影响力。”我很赞同周坚强的观点。

《人本善良》确实走的是国际化的路子。 不光请了天王巨星演出，在上映之前的宣传上，程氏兄弟也是下了血本，包下北京到香港的一辆列车，周坚强率领主创人员和全国 60 多家媒体的记者，前往香港宣传造势。 以至于我只是在电视上看他们在香港的宣传活动时，就已经深深体会到《人本善良》未映先热了。

《人本善良》举行了盛大的首映式，当天我向剧组请了一天假，专程赶去捧场。

如果说赵英雄的《侠客》是把中国电影的造型艺术推向了一个高峰，那么周坚强的《人本善良》则是把中国电影的叙事艺术提高到了一个新的境界。 编剧出生的周坚强从来是善于讲故事的，前几年的贺岁片就是把一个简单的故事讲得栩栩如生，这次虽然面对的是一个俗套的故事，可周坚强的处理方式却不落俗套，从主题到叙事方式，从娱乐性到时尚性，周坚强把握住了故事的节奏，在曲折跌宕中彰显了人性的善良与人心的纯美。 而香港和台湾明星的加盟，演员结构上的突破，也让影片在全国的观众数量平衡起来，不再是懂得京味儿幽默的北方观众一方独大。 可以说，周坚强这次对于自己电影模式的一点改变，还是取得了一定的成果。

2004 年贺岁档，《人本善良》票房夺得 1.1 亿，成为周坚强第一部票房过亿的电影。

贰拾玖

“周导，您好，我是《娱乐周刊》的记者，想耽误您几分钟，问几个问题。”

最近，刚刚忙完上一轮贺岁片的周坚强，边在家休息，边筹划一部新片子，看看能不能也与时俱进，和国家大事挂上点儿勾。 毕竟，过去的 2008 年，中国遭遇到了太多的事情，雪灾、5.12 大地震、奥运、神七上天、金融危机，能把这样的大事融到电影中，肯定是不可多得的好题材。 周坚强正伏案写着什么呢，记者的电话就来了。

周坚强按下了免提键，耳朵听着手里的笔也没停下来。

“大周末的你们也不休息啊，就不能让我喘口气儿？”周坚强说。

“周导，实在对不住了，我也知道您一年到头好不容易才有个机会歇歇，还被我打扰了，不过既然您已经接了电话了，不妨就回答我几个问题吧，谢谢您了！”记者说。

“不知道您有没看过最近卓非凡导演的新片子《名伶》？都说这是他回归的一部影片，您怎么看？”记者还没等周坚强拒绝，就赶紧把问题抛了出来。

周坚强在贺岁片上取得成功之后，大家把他和卓非凡、赵英雄尊称为这个时代最著名的三大导演。不过，和周坚强、赵英雄不同，卓非凡出生在一个艺术世家，算是电影界里拥有纯正血统的导演，走的也是象牙塔里艺术电影的路子，20 世纪 90 年代拍过一系列极具文艺气质的电影，虽然在票房上表现一般，但深受电影圈评论家的喜爱。但是后来，由于商业电影的冲击，卓非凡也走起了商业大片的路子，但是似乎走得并不顺畅，片子一出，便引来一片汹涌的批评声。

“看了。我是不明白为什么别的导演的片子，你们总喜欢让我评价几句呢？”周坚强说。

“因为中国的大导演就你们几个，您的看法又那么专业，所以读者也很想听一听。”记者说。

“‘回归’的这种说法也算对。 我记得以前卓导和我说过一句话：各有各的道，各有各的光环。 是哪个林子里的鸟就踏踏实实地在哪块林子里栖着，飞出去玩一圈，临了还得落回来。 现在这句话用在他身上再恰当不过了。”周坚强说。

“那照您看，卓导的林子是哪块？”记者继续说。

“卓导，是不是一个好导演？ 是！ 卓导在商业电影里是不是一个好导演，我看未必。 所以，卓导原本就是属于阳春白雪的象牙塔，是要研究学问、搞艺术创作的导演，没必要非要挤到我们这个商业化的圈子里扑腾，他做艺术电影自然会有他的观众群，在那个领域内能如鱼得水，何必要在一个别人的领地里抢食呢？ 更何况还不一定能抢得过人家。”周坚强说，“所以，《名伶》就走回了他原来的艺术道路，我看这样就挺好。”

其实不光是卓非凡想要到别人的领地里看看，周坚强也没耐住寂寞，非要把自己的电影也弄成像《侠客》那样带有艺术气息的商业大片，所以在后来拍《王室斗争》的时候，周坚强唯一的目标就是：赵英雄，两个亿。

“沈老师，今天晚上有戏要排吗？没有的话陪我去宴客啊！”周坚强电话里的声音特别温柔。

“吆，今天语气怎么这么好啊，是不是有事儿要求我啊，难道是要牺牲美色成就你的大业？”我问周坚强。

“你看，你老是把你的丈夫想得那么邪恶，我是那样的人吗？”周坚强说。

“那到底是请谁吃饭？你不说我可不去啊！”我说。

“程小伟和戈六，你还真以为是鸿门宴啊！”周坚强说，“晚上八点，京都饭店啊，不准迟到。”

我看了下表，是2006年3月18日下午三点，今天的戏应该能在六点钟拍完。“好啊！”我答应着。

我八点到京都饭店的时候，只有周坚强一个人在包厢内，程小伟和戈六还没来。

“怎么没人来啊？”我问。

“小伟打电话说在路上了，一会儿就到，你先坐着吧。”周坚强说着给我倒了杯茶。

大约过了 15 分钟的光景，程小伟和戈六一块儿来了，程小伟手里还拎着一个大蛋糕。

“哎，今儿谁过生日啊？”我问。

“你还不知道谁过生日，你就来吃饭了呀！”戈六笑着说。

“坚强没和我说呀！”我扭头看了看周坚强，他正咧着嘴笑呢。

“真行，沈雪，你把你们家周大导演的生日都给忘了。”程小伟说。

“呀，今天 18 号啊！ 瞧我这记性，我下午还看日历来着，怎么就没想起来呢。 我说今天坚强怎么这么温柔地约我吃饭，原来是要庆祝生日啊！ 那怎么办呢，我都没买礼物！”我和周坚强说。

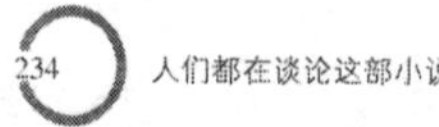

“没事，你来吃饭就是最大的礼物了！”周坚强疼爱地拍拍我的脑袋。

“注意点儿影响啊！ 多大的人了，还这么肉麻，这还让我们两个吃饭吗？”戈六看了下程小伟，不怀好意地说。

“好了好了，大家赶快坐下吧，今儿这顿一定得我请。”我赶紧把服务员叫进来开始点菜。

“小伟，你说赵英雄弄了部《侠客》，古装大片，卓非凡也弄了部《魔咒》，也是古装大片儿，咱也不能落后啊！”周坚强和坐在桌子对面的程小伟说。 菜还没上来，大家的聊天三句话不离电影。

“你不想拍喜剧了？”程小伟问。

“拍我这路子的喜剧太累心了。 要挖空心思想创意，要人人眼中有，人人笔下无，嗅觉得特别的灵敏，得善于从流行的生活风尚和人性的弱点里找到有懈可击的东西，矛头所指得正中观众的下怀，大快人心还不能刺刀见红，火候分寸还得东躲西闪，说深了不行，说浅了又特别无聊。 这几年拍下来确实挺累的，我也想换个套路走走。”周坚强说。

“我也觉得喜剧不好弄，拍喜剧不能走‘正路’，得走‘歪门邪道’才能达到悖反的艺术效果。毕竟喜剧的功能不是歌功颂德反映好人好事，它的最大价值就在于嬉笑之间对假丑恶的辛辣嘲讽。我演得都累，更何况是周老师。”戈六也在一旁说。

“我这几年都在走钢丝，步步都得小心翼翼，因为方方面面都很脆弱，开一个玩笑得反复掂量，矛头不能有所指就不好玩了。说句得罪人的话，拍其他类型的电影的确要轻松很多。所以转转型也是喘口气儿，回头大家都乐得背过气去了，我累得断气了，这也不太公平。”周坚强夹了一颗花生米放在了嘴里。

“你可不能累断气了啊，我还指望你养我呢。”我说着，周坚强看着我直乐。

“嗯，说得也有道理。”程小伟听了半天，终于开口说话了，“那我们也弄一部古装大片儿？我看这样的想法也不是不能执行啊！”

“故事你有了吗？”程小伟问周坚强。

“有了，晚唐版的《哈姆雷特》。我觉得要是拍那些王侯将

相吧，我也能拍，但是我老觉得我跟他们产生不了共鸣，拍出来肯定不好看，所以干脆弄个熟悉的故事，这样我拍得也比较上手。”周坚强说。

“嗯，那就这么定吧！ 本子的事情你去弄，投资我来负责。”程小伟很爽快。

当时周坚强和程小伟的合作已经到了绝对信任的地步，对于周坚强的决定，只要不是很离谱，程小伟都在背后全程支持，这次也一样。

没过多久，《王室斗争》正式进入实施阶段，周坚强集结了华人电影圈里美术、音乐、武术指导的“梦之队”，精心打造这部鸿篇巨制，女主角启用了当时已经在国际影坛上有一定影响力的“赵女郎”秦冰妮。

第一次执导这么大型的古装片儿，周坚强还是遇到了不少难题。不过，这个片子不光是为票房，这也是周坚强在奖项与票房巨大不平衡的困顿中应运而生的一部片子，所以为了能赶上冲击奥斯卡的时间，周坚强恨不得一天 24 小时不休息地拍片。《王室斗争》终于赶在九月进行了提前点映。

可以说，《王室斗争》是周坚强向伟大的戏剧家莎士比亚致敬的电影，从《哈姆雷特》取得基本的构架，然后插入中国的乱世，五代十国几乎可以说是中国历史上政治最混乱的时代，于是各种欲望得以肆无忌惮地释放。《王室斗争》在尊严与阴谋、死亡与恐惧、情色与暴力的纠缠下上演了。将英国经典悲剧的核，植入中国传统宫廷斗争中，周坚强在艺术的外衣下没有丧失讲述故事的能力。

而剧中的主角也堪称完美，戈六也表现出了自己在正剧中的功底，他读台词的能力确实在华语电影界首屈一指，片子中半数文言文半数话剧味的台词在他嘴里有一些反讽和佯谬的感觉，加大了主角阴谋家的心理纵深。而秦冰妮也确实是女主角的不二人选。

我看完点映之后，心里对周坚强的这次转型之作相当满意，才发现周坚强的潜力如此巨大。

不过，还是有很多看惯“周式幽默”的观众在看了点映之后有点儿接受不了这个新的周坚强，他们觉得很陌生，网上也一反周坚强拍喜剧片时几乎没有评论的现象，批评声一片。

“喜剧就像是自己的老婆，看得多了，总是会腻，《王室斗争》就像是我出了一趟远门儿，离开自己的家都会觉得陌生

的。”周坚强总是会用最幽默的方式化解别人的质疑。

“网上那么多负面的评论，你不在乎吗？”我问周坚强，我怕他装着很多东西放不下，憋在心里又给憋坏了。

“其实，《王室斗争》就是圆了我自己一个梦，是我借着电影满足了一下我的私欲。很多人不是说我除了拍喜剧拍不了别的吗？我就拍一个给他们看。很多人不是说我的电影没视觉吗？我就弄个有视觉的。你看一样很容易嘛！现在又没失败，票房在那儿摆着呢。要是真失败了，不是还有我老婆拍戏赚钱养我嘛！”周坚强轻松地对我说，我悬着的心放了下来。

《王室斗争》最后1.3亿的票房，还是很好地说明了，周坚强并不仅仅是为了满足自己的私欲，他还是把观众放在了第一位，他不会让自己的私欲膨胀到别人受不了的地步，这就是他的聪明之处。

叁拾

《王室斗争》的转型整体上还是成功的，因为票房在那儿呢！投资人认，观众也认。《王室斗争》刚一完，周坚强就迫不及待地开始准备《兄弟是谁》了，中间几乎没有停歇。

“坚强，这次你弄了个最难掌控的题材。”2007 年的中秋节，《兄弟是谁》在北京开机。开机的当天晚上，卓非凡突然拎着两瓶酒到家里来找周坚强。平时大家都是各忙各的，也就只能在一些电影活动中碰得着，私底下见面的机会还真比较少，所以对于卓非凡那天晚上的突然到访，我和周坚强都有些诧异。

“是啊。我也觉得，战争片不好把握。”周坚强和卓非凡感慨着。

卓非凡来的时候已经吃过晚饭了，说是路过，就进来坐坐。我给他们准备了几个下酒菜，让他们边喝边聊。周坚强自从身体好起来之后，就又开始喝酒了。

“怎么想到要拍战争片了？”卓非凡问。

“可能每个男人心里都有一种英雄情结吧。拍《约定》的时候，我在美国看了《拯救大兵瑞恩》的试映，太震撼了，它让我第一次感到了战争的恐怖。战争里牺牲的都是士兵，那些牺牲者在和平年代完全被忽略了，因为人太多了没法单说。而我拍《兄弟是谁》就是要单写一个人，写他得不到应有的重视和尊重。我这个电影，第一不讨论战争的意义，第二也不讨论牺牲有没有价值，就弄这个‘委屈’，这个事儿比较容易刺激观众的神经。还有就是人在战争面前所表现出来的恐惧和懦弱，我觉得是人的常态，《兄弟是谁》就是要把这种善良的本性拍出来，当对战争有恐惧的时候他还能做出牺牲，这个英雄就变得非常可贵了。”周坚强边抿着白酒边和卓非凡说，他内心对于英雄主义的崇拜已经满满地写在了脸上。

“嗯，能想到这个角度很好，有点儿好莱坞的味道，国内目前的战争片还没有从这里出发过。”卓非凡说。

“我也没想着要和好莱坞靠近，只不过我从小出生在一个贫穷的家庭，知道最底层的老百姓过的是什么样的日子，所以我拍片子总也喜欢从底层入手，从小人物入手，关注他们的生活。”周坚强说。

“嗯，片子的预算大概要多少啊？”卓非凡问。

“1000万美元。”周坚强说，“但是我感觉肯定是要超支的。以前拍片子，我在收回电影成本上几乎没有失败过，但是这个片子还没开拍就让我感到压力了。这个片子的故事是本土化的，注定要走国内路线，没有海外票房。电影里也没有明星，号召力只有我一个，周坚强，这下就悬了，不知道观众要不要买账。”

“片子成本是一个很大的方面，拍战争片，可能一个战争场面就能超支几十万，所以比较难拍。”卓非凡说。

“是啊，开拍前我还和程小伟他们商量，说我不拍了，不过还好程氏兄弟的老总都是理想主义的有钱人，是他们给了我坚持拍下去的信念。还有那帮演员，虽然没拍过电影，但是在电视剧界一个个都是可以独当一面的主儿，他们没有一个在片酬上提出过什么问题，大家都是冲着这部片子来的。所以哪怕是失败了，我也认了。”周坚强说。这部片子的确凝结了周坚强很多的理想在里面，所以无论遭遇到什么样的困难，一旦决定要做，他一定要让片子最终面世。

“你就当《兄弟是谁》是给你消业了。你看你这几年一直都很顺，什么都顺，拍什么什么赚钱，但是你一定也做了业，《王室斗争》挨骂了吧，《兄弟是谁》怎么样都得让你辛苦，这片子没有辛苦拍不出来，所以你就当是给你自己消业了吧，好好拍。”那时候的卓非凡也曾经经历过《魔咒》的失败，那部古装商业大片，一度在网上掀起了不小的“反卓”之声，让骄傲的卓非凡也陷入过两难的境地。所以，我想卓非凡才能以大哥式的语气诚恳地提醒着周坚强，就像告诫过去的自己一样。

和卓非凡的这次“会晤”之后，周坚强就远赴东北开拍了。

“嫂子，你最近有没有时间来趟剧组啊，这里的天气太冷，周导的身体又不好，我担心他受不了。你有空的话，带几件厚羽绒服、几双靴子，还有平时的药来，这地方前不挨村后不着店儿，根本没地方买。”周坚强走了一个多月，陈述就打来了电话。还好平时我照顾不了的地方，有陈述在，要不，周坚强就是自己被冻死，也想不起来让我去看他一下。

“你有什么需要的没？我一起给你们带过去，我最近不拍戏，正好在家里闲着呢！”我和陈述说。

“我不用，我衣服都厚实，你给周导带够就行了。”陈述嘱咐着我。

过了两天，我拉着一个大箱子向周坚强的剧组进发，除了给周坚强带的衣服鞋子和药，我还给剧组的演员和工作人员带了好多吃的，在那个地方一定是什么都没的吃。

从沈阳搭了 5 个多小时的汽车才到达片场。在我昏昏欲睡和身子几乎快要颠簸散的时候，司机终于来了一个刹车，说“到了”，我才回过神儿来。

付了钱，下车，天啊，我不知道当时外面的温度有多低，只感觉一阵猛烈的寒风一下子就钻进了我的羽绒服，直吹到了我的骨头里，拉着大行李箱的手瞬间就没了知觉。

“妹子，这儿零下二十多度呢，赶紧找屋里待着吧，别傻站

着了。”司机临走前，还不忘对我喊一句，我感激地看着他的车从我眼里消失。

天空并没有下雪，但是前几天的雪已经在地上积了很深。箱子在软软的雪地上根本不能拖，我只好用两手拎箱，深一脚浅一脚地在雪地里走着。没走几步，手和脚就都没有知觉了。我费了好长时间，才一瘸一拐地挪到了剧组。

“坚强！”我远远地叫着。周坚强正在监视器后面和摄影师讨论着什么，演员们都在一旁待着，看来是刚刚拍完了一条儿。

“大家先停一下儿。你怎么来了？”周坚强听到我的喊声，赶紧从监视器后面跑过来，“你说这么冷的天，你不在家好好待着，跑这儿来干嘛呢！”周坚强边埋怨，边接过我手里的箱子。“冻坏了吧？”周坚强抓着我的手说。

“还说我呢，要是陈述不给我打电话，你就是冻死也不会跟我说一声儿。”我看着周坚强，耳朵、脸、手都已经是通红通红的了，身上还是那件从北京出发时穿着的羽绒服，挡一挡北京的风还行，在这儿那羽绒服也就相当于一件毛衫。

“这么冷的天，我哪儿忍心让你出来遭这份儿罪啊！”周坚强边说，边把我领到了剧组的房间。

“快换上衣服和鞋，我给你带了厚的来。 把剧组的人也都叫进来，我给大家带了好多吃的。”我边开箱子边说。

“大伙儿先进来暖和下，吃点儿东西。”周坚强朝外面喊了一嗓子，大伙儿像得到大赦一样，飞快地往屋里跑。

“拿着这个，快吃，别客气，箱子里还有好多，我都给你们拿出来。”我蹲在地下给大家分吃的。

“嫂子您来得太及时了。”几个小演员边吃边说，一看就是好久都没吃上好吃的了。

“周大导演，你到底给这帮孩子吃饭了没呀？ 怎么一个个都被饿成这样了。”我和周坚强说。

“唉，他们早晨四点半起来化妆，在雪地里一趴就是一整天，拍完的时候，手和枪都粘一块儿了。 很多时候他们都顾不上吃饭，顾得上的时候就和群众演员一样吃的是冷冰冰的盒饭，不容易啊！ 就这样，兄弟们是一点儿怨言都没有。”周坚强说。

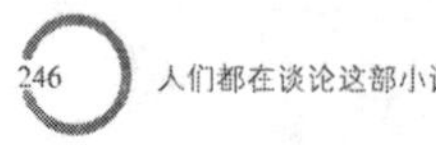

“周导，别那么说，我们就是冲着这个戏，冲着您来的，其他的我们不在乎。”这些演员说得特别真诚。

“你刚才走过来的时候踩的是雪，你再仔细看看片场的那些是什么，沈雪。”周坚强指指外面白花花的一片说。

“那不是雪啊？ 好像外面的雪没那么白，这儿的有一股子刺鼻的味道。”我说。

“那是化肥，天然降雪达不到要求，我们就几吨几吨的化肥往上洒，他们在那‘雪’上一趴就是一天，直弄的又拉肚子又呕吐的。”周坚强说。

“哎呀，我真没想到你们这个戏会这么辛苦。 我这儿带了很多药过来，你们看看缺啥，我回去再给你们寄过来。”我把带着的常用药都给演员们拿了出来，这么艰苦地拍一部戏，在周坚强这里应该是头一次，我真怕他们吃不消。

在剧组待了一个星期，我动身回北京。 我走的时候，剧组的口号已经变成了“保重身体”，我是真替周坚强捏了把汗。

还好，在最冷的时候过去之后，周坚强的《兄弟是谁》也要开始进行后期制作了，总算是挺过来了，我想。

《兄弟是谁》虽然不是“周式喜剧”，可依旧在贺岁档上映了。2008 年年初刚过，周坚强就收到了《兄弟是谁》票房超 2.5 亿的好消息，这个让他哪怕“战死”都不放弃的片子，依旧以超高的票房回赠了他。

《兄弟是谁》之后，周坚强第一次感觉到累了！

叁拾壹

“人都到齐了没，沈老师？ 赶快点个名，到齐了我们就出发了！”刚刚早晨六点，对于不拍戏就睡到中午的周坚强，能在这会儿出门儿，简直是一大奇迹。

《王室斗争》和《兄弟是谁》，周坚强几乎是连轴转，中间连歇的机会都没有。《兄弟是谁》拍完后，周坚强好像显得特别累，也不说筹备下部电影的事儿了，约了几个好朋友去打高尔夫。

“戈六、刘青、范老师。 我们这车的人到齐了。 老陆、陈述随后自己去，小伟，肯定还在睡觉，你也别催他了。”我边点名儿边和周坚强说，好像回到了无忧无虑的学生时代，大家一早去郊游一样。

“好，那我们上车，出发！”周坚强特别兴奋。

大家呼啦挤上了周坚强的车，我坐在副驾驶位置上，他们三个坐在后排。

“我已经很久没呼吸过早晨的空气了，感觉好像是要新鲜一点儿啊！ 这才像是放假的样子嘛！”周坚强说。

“你别像非得有自虐倾向似的，平时拍戏睡两三个小时，好不容易休息了，一定要起个大早呼吸下新鲜空气才能感觉到是在休息。 我就觉得下午的空气挺好。 昨儿我刚挂了你的电话就后悔了，想着我干嘛答应得这么快啊，起个大早去打球！”戈六边说边打哈欠。

“人家都说，有工作您就不算是成功人士。 什么叫有工作，就是得固定时间起床上班，固定时间下班。 要照这么说，你们早都已经是成功人士了。 这偶尔早起一回，是体验我们这些老百姓的生活呢。”在后排坐的范老师发言了，他的话总是能在严肃中让我们听出笑话来，再看周坚强、戈六和刘青，一个个都笑得前仰后合。

“瞧你们乐的，还真都把自己当‘成功人士’了呀。”我说。

“嘿，还真让你说对了。所谓成功人士最享受的，不是宝马、奔驰、别墅，而是一觉睡到自然醒，每天那么一睁眼，一分钟也不想多睡了，不用因为担心什么事情而睡不着，那感觉多棒！”我也不知道周坚强是在搭我的腔还是范老师的，反正说得是一脸的陶醉，好像自己已经过上了这样的生活。

“我看你是过不上了，哪天没有电影追着你啊，要不就是记者，反正我是天天在报纸上看见你。要是一段时间没见你，想你了，我就四处翻报纸，不管哪张上面，准有你的报道，我看那么几篇儿，你的什么正面侧面就都看到了，也就不用见你了。”刘青说。

“我说呢，怎么老不见你！原来都在报纸上和我‘约会’了！”周坚强说。

“别瞎说啊，还约会呢，小心沈老师教训你！”刘青说。

“你们俩要是约会，我才不管呢！我得多感谢你照顾他啊，也好让我喘口气儿。”我笑着说。

“说真的，我还真想过自然醒的日子了，想歇了。”周坚强说，虽然一路的兴奋，还是掩不住脸上的疲惫。

“怎么不想拍了，是不是失去表达的欲望了？”范老师问周坚强。

“对呀，你说拍《市井》那会儿，就算到了后来的《好梦成真》那会儿，我都像打了鸡血一样兴奋，积蓄了满身的能量，我得找一个洞，把他们给释放出来，所以遇到个本子，碰见个小说，一下子就来了劲儿，那血哗一下儿就释放出来了，真是舒坦。可是现在，我身上已经打了20多个洞，血压全降下来了，哪儿还能喷得出来啊！”周坚强说。

“也是，创作过程对每个人来说都有一个瓶颈期，过了那阵子就好了！”范老师说。

“累了就先歇着呗，反正你现在一拍就是个票房冠军，多拍一部对你来说也没有多么大的意义。”刘青说。

“其实拍电影还好，最痛苦的是创作剧本的过程。我觉得写剧本儿这玩意儿就像是‘麻雀过性生活——全靠碰’。”周

坚强说。

车厢里顿时笑成了一片。“你就不能弄个文雅一点儿的比喻，还著名导演呢！”我说。

“哎，你不懂，你问问范老师，我这比喻对不对，范老师天天弄剧本儿，他可是有深刻的体会。”周坚强说。

“很对，很对，非常贴切。”范老师说。

“可见我们导演对于生活的观察是多么细致入微。”戈六都被逗得忍不住了。

“对呀，所以要是别人把剧本给我准备好了，我一年能拍俩。但是现在，拍完《兄弟是谁》之后，我开始觉得自己得去想一个本子了，就是老觉得这是一个事儿了，这样的感觉特别不好，把它当成负担了，像小学生没做作业一样，老得背着个心理负担。”周坚强说。

“那你接下来不拍了？”戈六问。

“嗯，我现在就是什么都不打算想，觉得好不容易上一个电影弄完了，我就想好好休息一下，玩一下，不管是打高尔夫也好，斗地主也行，找朋友聊天儿也算，反正就是不要让我这么快再去弄本子，一想到这个我心情就特别沉重。你说以前写剧本拍电影，都是我自己积极主动的，现在还得用人去逼。逼完了，自己想一会儿，觉得想不出来了，就自己和自己说，算了，脑子都想累了，还是改天再弄吧。你们说，咋就弄成这样了呢？”周坚强说。

“这就像是做饭，虽然你是一个大厨，可就那么多菜，研究出一种新的来不容易。原来别人不说，你每天都能给客人换着花样做，每天都能不重样儿，现在，人家只能说，那个菜好吃，你再做一遍吧。”戈六说。

“戈爷说得对，就是这个理儿！我觉得我现在就像是个失去味觉的厨师，这事儿真没法儿弄了。”周坚强说。

“那你就干脆休息一阵子，能多玩一会儿就多玩一会儿，能不想电影的事儿就先别想，估计过一阵子，你自个儿就受不了这种生活了，自己就又回去了，根本不用人逼你。”我说。

“嗯，所以咱从现在开始不讨论电影的事儿，专心去打球。”周坚强说。

“唉，瞧你们弄的都是些资产阶级情调，非要腐化我这个贫苦人家出生的人。”范老师补充道。

“你们别听他的啊，他的高尔夫打的，那比我好多了，好像我平时没那么多时间腐化您吧。”周坚强说。

我们到了高尔夫球场半个多小时后，老陆和陈述就开着车到了。 程小伟的电话一直关机，这个老板想必早晨是醒不了了，正实践着成功人士的感觉呢。

这次的运动很成功，大家都抛开各自的工作，斗志锐减，好好享受了回畅快淋漓的感觉。

叁拾贰

果然，不等大家再去催他，周坚强过了一段无忧无虑的日子之后，自己就有点儿坐不住了。

“娘子，我脑子里有个本子了，你说我是不是应该出山了。”那时候，周坚强买了一套我演的《花旦》，天天在家看，好像自己都进了剧情，每天对我的呼唤也从“沈老师”变成了“娘子”。

“夫君，有故事你就去做，娘子为你打理好后方。”周坚强说的时候，我正在收拾屋子。

“娘子不光是打理后方的贤妻啊！”周坚强说。

“你是说娘子的戏演得也很好？”我笑着问周坚强。

“那是非常好，非常好啊！”周坚强说。

我笑盈盈地踩着小碎步就到了周坚强面前了：“为了夫君，小女子甘愿在家里打理家务！”

“我的好娘子啊！”周坚强还没唱完，自己就乐得憋不住了，等乐完恢复了正常语调说，“看你的戏，我觉得你整个就进了戏里，我能体会戏里头你那时候被掏空了的感觉了。就像我刚拍完《兄弟是谁》那会儿，好像也是有一种被掏空的感觉，脑子里空荡荡的。”

“那现在呢？”我问。

“总算是活过来了，我还得去拍。程氏兄弟公司要上市，我的每一个动作对他们的影响都很大。我和他们签了五部片子，现在还差好几部，不能不管自己的兄弟啊！”周坚强说。

在周坚强休息的这段时间里，程大伟和程小伟没有催过他一次，他们的合作从来都建立在信任的基础上，程氏兄弟知道迟早有一天，等周坚强休息好了，他自己就会出来，那个大半辈子把电影当成自己生命的人，只是累了。

“好，我支持你！”我看着周坚强。那时候的他已经年过半百，脸上的皱纹深了不少，头发也有些白了，可面对自己热爱的电影，他还没有要退休的意思。

在经过了《人本善良》、《王室斗争》和《兄弟是谁》的转型尝试之后，周坚强决定再次回归到“周式喜剧”的道路上来。

“其实这有点儿像人的宿命，是自然而然形成的。人的道路有时候不是自己能够左右的，歪打正着就成了现在这个样子。很多导演被定型之后，就拍不了其他的电影了，投资商不给投，观众也不接受，但是我比较幸运，我被定型为贺岁喜剧导演，但我还能拍别的，《人本善良》、《王室斗争》和《兄弟是谁》就都不是喜剧片，但也同样有人投资，同样有观众买账，市场反应很好。那我还有什么不知足的？之所以还选择拍贺岁片，是我一直认为每个人都有自己的领地，我到别人的领地上去转转就是为了图个新鲜，新鲜劲儿过了，我就又想回来了。我时不时就有特别喜剧的点子冒出来，按都按不住，想着想着自己都笑，你说我能不拍嘛！”

周坚强的话像是在演讲，其实他这只是在饭桌上跟大家聊天儿，陪吃的有戈六、小伟、老陆，还有我。

“周导，您这是在变相地夸自己吧，我好像都听出来了。”戈六说。

“我看不是变相，而是赤裸裸地。”程小伟说。

“唉，这几年，周导站的位置高了，已经不能在别人身上发挥他以前的特长了，所以他总是有事儿没事儿就拿自己说说，免得把自己的专业技能给弄丢了。”我在一旁笑着说。

“什么特长啊？”程小伟问。

“嗨，这事儿您是不知道，因为您没赶上好时候，您认识周坚强的时候，他已经是个腕儿了，所以他的特长没地方发挥，想当年他还在摸索奋斗四处拉投资的时候，那特长叫他发挥得是一个淋漓尽致啊！”我说。

“到底是什么特长啊，我还是不明白。”程小伟说。

“吹捧！”周坚强自己说了出来。

“吹捧，我认识他之后，怎么没见他吹捧过我啊！”程小伟一副没捡到便宜的样子。

“是您遇到他的时间不对。”我说，“我给您举个例子，您就领教了他炉火纯青的吹捧技术了，那可是经过一系列反复摸索实践之后，慢慢形成的一套高深的学问啊。”

我说得越来越悬乎，程小伟都竖起了耳朵。

“有一次，我不记得是过年还是元宵，反正就是一个大节，我们家聚了好多人，有程烈、戈六，还有些其他朋友。”我说，“吃饭前，程烈就和坚强说，今天的主角是戈六，戈爷，一定得把他伺候舒服了，坚强就心领神会地点了点头，然后饭桌上就上演了一场高水平的对话。”

“戈爷，今天您不应该和我们一起吃饭啊！”周坚强说。

“那我应该去哪儿啊？”戈六一脸茫然，郑重其事地问。

“像这样大的节日，你得到人民大会堂吃国宴啊，怎么能跟我们这些老百姓一起共度节日呢！ 您是谁啊！”周坚强说。

“我是谁啊？”戈六又问。

“您是国家的面子啊，那是国宝啊！”周坚强说。

“可是人家也没发邀请函给我啊！”戈六一脸严肃地说。

“那是您不愿意去。 发了邀请函的，那是人家经过考虑、犹豫之后才决定添补上的名单。 像您这样的，压根不需要他们叫您，您那级别就一定得到才行啊！”周坚强说。

“哦，原来我得在那儿才对啊！”戈六说。

“那是啊！ 不然我明天出去和别人说，我昨天晚上是和戈爷一起过节来着，人家谁信啊！ 那不是说我也去人民大会堂过节了！”周坚强说完还环顾了一下在座的几个人，大家一致摇头表示不相信。

“喝酒、喝酒。”戈六心情出奇地好。

“是是是，这今天晚上是戈爷一时疏忽，走错地儿了，要不大家也没机会和戈爷喝酒了，一定得抓紧机会喝个痛快。”

“那天晚上，戈六最后是喝醉收场。”我说。

“哈，果真有水平。不行不行，坚强，你也得给我说一个，我怎么觉得就这么不公平呢！不能光捧戈爷呀！我好歹也是个总啊！”程小伟说。

“我怎么不记得这事儿了？不过现在听起来倒是特别的舒坦，来，今天晚上不醉不归啊，谁提前走，我跟谁急！”戈六说着给大家都斟满了酒，时间好像一下子又回到了十几年前周坚强拼命打拼的时候。

周坚强再次拍贺岁片的想法就在那顿饭上定下来了，还是“铁打的戈六，流水的美女”，剩下的就是等着本子，然后开机。

叁拾叁

“四川省汶川发生里氏 8 级地震。”2008 年 5 月 12 日下午，大约两点十五分，我正在剧组拍戏，吴导的手机收到了一条短信，他停下手里的活，惊恐地念了出来。

“地震了？ 四川地震了？”剧组的演员们一下子从戏里走了出来，一个个睁大眼睛，惊恐地问吴导。

“赶快打开电视，看看新闻。”有演员已经跑到了休息室。

“谁的家里人在四川，赶快打个电话回去问问。”吴导在人群里喊。 人群顿时一片骚动，有几个四川籍的演员跑去拿手机，还不知道究竟发生了多么大的事情。

“坚强，四川地震了，你那儿有没感觉？”我站在片场，第一时间打给了周坚强，他应该还在工作室。

“刚才就觉得晃了一下，头还有点儿晕，现在已经感觉不到了，我正在上网看，消息已经出来了，目前报道是 8 级地震。你现在在剧组是吗？你自己小心一点儿。”周坚强说。

“我爸妈的手机不通了，都联系不上了。”剧组一个四川籍的女演员哭着和大家说。

“别着急，别着急，那么大的地震，信号肯定一下子就没有了，再等等看。”大家安慰着，好像联系不到的也是自己的亲人。

过了一个多小时，具体的消息还没出来，只知道是发生了特大地震，吴导让大家继续开工，把今天的戏拍完。晚上收工的时候，大家谁都没去吃饭，一下子涌到了休息室，因为只有那里有电视。

离地震发生已经过去六个多小时了，电视台开始全程直播当地的情况。电视里一片片的废墟和被埋在废墟下的人们，牵动着剧组每一个人的心。

“坚强，我们得做点儿什么。”回到房间后，我给周坚强打电话，那一刻，我真的感觉到人的生命实在是太脆弱了。在灾难面前，曾经经历过的那些所谓的挫折和困难是多么渺小。

“明天我们先给灾区捐10万元，然后看看情况再说。”周坚强说。

“好，那你代我捐吧！有什么需要我做的事情再打电话给我。”我说完挂上了电话，那天觉得特别的累。

赶拍完剧组的戏之后，我和周坚强一起去过几次汶川，探访灾民。每去一次，心情就沉重一次。那些活生生的生命瞬间消失的痛楚，让我觉得2008这一年过得倍加沉重。

“这次地震后，我更加想拍一部喜剧了。雪灾、地震，2008年咱们老百姓经历了太多灾难。”在从四川回北京的路上，周坚强和我说。

“是啊，现在汶川已经在重建家园了，那个噩梦也过去了。

到了年底，应该让大家高高兴兴地迎接新一年的到来。”我说。的确，希望片子能够克服这些灾害对观众心理造成的影响，把这个阴影抹去，虽然一部电影的功效可能并没有这么强大，但是毕竟我们都相信未来一定会好起来的。

周坚强重重地点了点头。

“那你的本子出来了吗？”我问周坚强。

“我想拍个征婚的爱情故事，告诉人们不管中间经历多少挫折，最后总能到达幸福，也是我们对人们的一个良好祝愿吧！给大家打打气！”周坚强说。

“嗯，那就拍这个吧。拍一个简单、真诚的故事，只要让大家在电影院里能开心地过两个小时就行。发生了这么多的事情，开心对于大家来说真是一件奢侈的事情了。”我说。

“是啊，我也这么想。”周坚强说。

有了这个想法，周坚强的本子在六月底就出来了。

“戈爷，本子你看了吧？”周坚强打电话把戈六叫到家里

来，在开机前讨论一下剧本和角色。

“嗯，昨儿花了一个晚上看完的。照我理解，我演的这主儿正处在‘四十不惑，五十知天命’的坎儿，这把年纪的人早些时候也跟着那些激进分子到海外转悠了一圈儿，人们都觉得我是淘金去了，但是却没成想尽在那儿刷盘子洗碗了。后来，仗着人家那边的工资高他也赚了些钱，准备回国，才发现一不留神把自己的终身大事耽误了，弄得高不成低不就的，所以才选择了相亲这条最后的路子。”戈六分析得头头是道。

“戈爷，你怎么一说就说到坚强心里去了呢！”我说。

“那我这个周导御用男主角不是白当的呀！”戈六说。

“嗯，然后片子就是你和十几二十个女人相亲之后，找到真爱的故事。”周坚强简短精辟地说。

“那我这次不是享福了？众多美女相伴啊！有福利的时候周导总是会先想到我！”戈六傻呵呵地笑着。

这是开机前周坚强和戈六之间关于剧本的讨论，他们总是能在很短的时间内知道彼此要表达的意思，根本不用多费口舌，这也是两个人一直坚持合作的原因，我想。

“为什么非要放这张信用卡的镜头啊！ 我们程氏兄弟就缺他这几百万吗？”《征婚》在杭州拍的时候，我因为没戏去探班，顺道在那儿度个假，去的时候正赶上周坚强在片场发火。 “啪”的一声，周坚强把摆在桌子上的茶杯摔在了地上，碎玻璃都溅到了脸上。

“怎么了？”我一把把陈述拉过来问，“周导怎么发这么大的火？”

“还不是广告的事情，周导坚持不想植入广告，但是公司的广告镜头是隔几天就来一个。”陈述说。

“摆在那里，你们觉得这个镜头好看吗？”周坚强吼着。

旁边儿也不知道是谁不了解周坚强的脾气，还想幽默一把，说：“周导，我觉得这个镜头是最好看的。”

话音刚落，周坚强“哗”的一下儿把整个桌子都掀翻了，片场顿时安静了下来，没人敢再言语。

“坚强，你看啊，”这时候，程大伟走过来轻声轻语地和周坚强说，“我们这片子，投资了4500万，广告宣传2500万，这已经7000万成本了。卖2亿元票房，我们回收8000万。8000万里面，扣掉成本，还要还贷款利息，5000万贷款，利息8%，完了再上33%的税。我们这么庞大的团队，最后才赢利几百万。植入广告，能有1500万左右的收入。你拍《兄弟是谁》，没法植入广告。但你好不容易拍一现代戏了，能不能让公司有点赢利？”

“你们都是藏在后面的人，电影里有广告，挨骂的只有我周坚强一个人。”在《葬礼》里，周坚强曾经专门设置了一段情节来讽刺这些植入广告，但是现在却轮到自己在电影里用了，周坚强一脸的无奈，却不能不顾及公司股东的利益。

“坚强，可能任何一件事能做成，到最后一定是各方有坚持、有妥协。完全是你合适别人不合适，不行，得有个合作。”拍完那天的戏以后，我安慰着周坚强。

“其实我也知道，也不能到了把别人顶翻车的程度。我承认我不是一个艺术片的导演，但是在商业片里总还是要有个度的。”周坚强无奈地说。

好在，在周坚强和程氏兄弟双方的妥协下，这事儿总算是找到了一个平衡。

《征婚》七月开机，九月杀青，十月封镜。周坚强似乎在用速度向人们证明自己对于“周式喜剧”的驾驭能力。

在首映式结束后，周坚强接受了媒体的采访。这次，他不再像《兄弟是谁》拍完之后，在宣传期关掉了手机，完全拒绝媒体。

“周导，今天您在电影院里看完了《征婚》的首映式，我们想先知道您有什么感觉。”记者问。

“其实，拍这部片子的时候，我就抱着一个愿望，让大家乐。过去的这两年，不光是我，大家肯定也觉得特别累，我就是想拍个逗乐的片子。即使这个片子连观众的脚心都挠不到，但是只要能让观众在这两个小时里笑就行了。看完首映式，我觉得我的任务完成了。”周坚强在台上说。对于周坚强这次的回归之作，我看完首映式之后都觉得特别温暖。

“这是您自己看完首映后的感觉。我们很多记者刚才也在说，看完首映之后，大家都觉得仿佛又看到了十几年前的您：‘顽主’式舌灿莲花的男主人公，美丽又‘实心眼’的

女主人公，有爱情，有段子，有风景，再来一点对时事和事态人心的调侃，轻轻松松。 温情、爱情加幽默，似乎又让人们找到了当年的周导。”记者说。

“这其实是‘周式喜剧’惯用的路子，我也曾转型过，但是转型的那三年，很多观众来问我，说什么时候才能再看到我拍的喜剧，这是人民的召唤，也是我拍片的动力。 我想，今年是个好机会。 转型的片子我尝试过了，而今年的环境又特别需要一部很真诚的、很搞笑的片子，所以我就又回来了。至于是不是十年前的我，可能形式上相近，但心境已经差很多了！”周坚强说。

“您的心境是指您的中年情怀吗？ 我们很想知道片尾那段带着哭声的歌唱，是不是要表达您这样的情怀？”记者说。

“也许吧！ 不管怎么样，影片里除了爱情，总归是有中年之后，朋友相伴的那种情意在里面。”周坚强提到这个的时候似乎有一点点伤感，我的脑子里一下子浮现出了程烈、孙晓飞、彭总、戈六、范老师、程总等好多人的身影，这些出现在周坚强生命中的重要的朋友，有些依然在周坚强身边，有些却已经各自忙着自己的事情，可不管怎么样，那些曾经有过的真诚的友情岁月，可能已经深深地烙在了周坚强的内心深处。 虽然这样的感情他从来没有和我说过，但是在《征婚》里我也发现了他这样的情怀。

“那您还认为您的片子就是纯正的商业片吗？”记者问。

“其实，我也不喜欢老是被一个一个的标签左右。在我眼里，纯粹的商业片得是好莱坞那种，像《木乃伊》啊什么的，我的片子还算不上。那说是文艺片吧，我的片子肯定又不是。所以我其实就是把生活提炼了出来，看似很平淡的、经常发生的事情，放到电影里以后，看着又不平淡。我其实就是特别喜欢这种东西，非常温情，非常幽默。也别管它是不是商业片、文艺片，只要好看，观众买账就行。”周坚强说。

“《兄弟是谁》出来的时候，您很担心票房，这次有票房压力吗？”记者问。

“一点儿都没有。《兄弟是谁》那时候为什么有压力？一个投资大，一个没明星，再一个我也没尝试过那样的题材，所以心里没底儿。但是这次是熟门熟路，有观众给我撑腰，我一点儿都不怕。”周坚强说，“《征婚》说穿了就是一种温暖和安全的模式。电影院里的夫妻、恋人特别多，哪一对恋人不会有分歧呢？那一对夫妻不可能有摩擦呢？但是这部电影通过它的故事、情节和所传达的一切理念和一切信息，让有分歧的恋人可能开始化解分歧，让有摩擦的夫妻可能开始消除摩擦，因此大家走出影院的时候都是高兴的，恋人可能手牵着手，夫妻可能特别幸福地走出来。走出来的夫妻、恋人对这部电影是很感谢的，感谢这部电影在人们的疲惫、紧张，包括现代化焦虑当中，给大家送来了一种安全和温暖的元素。所以，从这一点上看，我对票房一点儿都不会担心。”

“最后再问您一个问题，这么多年来，您好像一直被很多人看成是一个‘投机’的导演，您拍出来的电影也一直不受评委们的喜欢。这么多年过去了，现在听到这些话，遇到这些事儿，您还会生气吗？”记者问。

“电影圈里，我两头都不占：第一不是世家出身，第二不是电影学院出来的人。刚开始说我‘投机’、‘世故’、‘没有天分’，听着确实别扭，也想证明给他们看我确实行，可片子拍出来，得不了奖，我也着急。但是我后来想通了，可以对着这些笑了。为什么？因为我的电影不需要被几个我都不认识的人一顿没有客观标准的评价给否定了，我压根不去参加什么电影节，不给他们这个机会。电影的成败看什么，在现在这样的社会，没有票房就是失败的，否则人家给你投那么多钱是陪你玩的吗？我是一个什么样的导演，不用我自己去评说了，这些年来中国没有一个导演能像我创造票房不败的神话。有观众给我撑腰足够了，我不需要任何奖项。”周坚强自信地说。

确实如周坚强预计的，《征婚》上映一周票房就达到8000万，最终以3.3亿在全国票房称霸。而到这部影片为止，周坚强个人电影的票房超过10亿，成为中国电影导演中票房超10亿的第一人。

叁拾肆

“沈老师，明天是女儿 18 岁的成人礼，我想送她一份礼物，你说送什么好？”忙了半辈子的电影，忙了十几年的贺岁片，到了 2009 年，周坚强越来越喜欢把注意力放在生活上了。

这些年，虽然周坚强的女儿跟着他前妻生活，但是周坚强对女儿的关心却一直没有中断，在周末的时候，我们也经常和她一起吃饭。刚刚周坚强接到了女儿的电话，应该就是告诉他成人礼的事情吧。

“是她们学校明天要办成人礼吗？”我问。

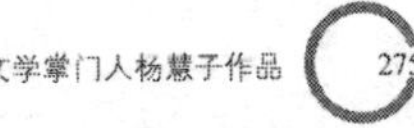

“是啊，我想怎么也得准备个礼物吧。女儿都18岁了，看来自己真的是老了。”周坚强说。

“她现在吃的穿的什么都不缺，不如你送她一些话吧。”我说。

“话？”周坚强不太明白我的意思。

“女儿从小没在你身边长大，在她成长起来的这18年，又是你事业最忙的时候，你没有时间和机会把心里最想说的话说给她听。那就趁着这个成人礼，给她一些寄语吧，能伴着她走好今后的路。”我说。

“嗯，刚才她还说明天要让我在典礼上发言。”周坚强说。

“那正好啊！”我说。

周坚强点点头，把书桌清理了一下儿，铺开一张白纸准备开始写演讲词。

周坚强参加任何活动，发言从不打草稿，可给女儿的这些寄语，周坚强看得格外重。

“怎么办？ 我好像很紧张啊！ 不知道要写什么好！”在桌子上趴了大半天，周坚强扭头和我说。

我走到桌子旁一看：“你一个字还没写呢？ 我们周大导演什么时候这么紧张过啊！”

“对呀，我觉得我好像有千言万语要对她说，可不知道从哪儿说起。”周坚强说。

“那就把你心里在这一刻最想对女儿说的话写出来。”我说。

周坚强点了点头，伏在桌上开始写。 看着周坚强不再年轻的背影，我想那时候的他不再是一个著名导演，他只是一个父亲，一个为女儿操心的父亲。

“按理说，我天天指挥别人拍戏，上台讲个话应该是不紧张的，可是讲老实话，从昨天晚上起我就开始紧张了，一直到站在这儿，我还没缓过来。 突然意识到女儿 18 岁了，怎么说，是欣喜也好，是激动也好，反正就是复杂的情绪掺杂到一块儿，就变成了紧张。 还好，并不严重，对我今天的发言也不碍事儿。

吾家有女初长成，这是我今天看到 18 岁的女儿，从心里冒出来的一句话。 从女儿呱呱坠地、第一声啼哭，到学会微笑、蹒跚着走路，爸爸在心里永远印刻下了你的影子。 只是我还没来得及把那些影子细细地在脑海里一个一个地欣赏，女儿就已经长大了。 爸爸是该放心还是更担心了呢？ 看着你的成长，爸爸的心里很矛盾，在欣喜之余总还是有一点点不安。 女儿你长大了，你从今天起就要离开爸爸的怀抱去接触社会了，从这一天起你就要自己真正去面对自己的人生了。爸爸要告诉你，离开爸爸的怀抱后，生活其实有的时候并不像你想象的那么完美，那么公平，有太多的困难和挫折就在你前面不远的道路上等着你。 对于这些，单纯的女儿，你能了解，你能接受，你能解决吗？ 在来学校的路上，我还一直担心，可是现在，我似乎又释然了，人生的道路需要你自己去走，酸甜苦辣需要你自己去尝，这才是生活，聪慧如你，一定会知道如何应付的，爸爸应该不必操心。

今天，看着礼堂里的孩子们，我感到很欣慰。 你们成年了，你们要开始自己的人生了！ 我和你们的爸爸妈妈就算是有再多的理由让自己担心，可我们还是要学会放手，让你们在自由的空间里成长。

亲爱的女儿，爸爸只想告诉你，在未来的道路上，无论我还在不在你的身边，你快乐和流泪的时候，我都会在你的身后静静地看着你，只要你回头，就能看到爸爸。永远都不要放弃，有爸爸支持你，无论是什么困难你都能克服。不要担心失败，不要担心跌倒，爸爸会扶你起来。只是起来以后的道路，你要学会一个人走，爸爸不再牵着你的手了。人生的道路本来就充满荆棘，还要你摸索着一步步前行。

孩子们，学着面对一切真实，接受一些不完美，承担一些责任，自己做一些决定，18 岁的你们，是时候了。”

当我读完这篇寄语的时候，周坚强已经在我身边安静地睡着了，我的眼泪顺着脸颊悄悄地滑落。五十知天命，周坚强已经到了这个时候。他可以不必再在意自己在人们眼中的大腕儿导演形象，他可以放下架子，可以像普通的父亲一样，紧张地指点着女儿的人生道路，一如在描述自己的人生一样。

看看他早已不再乌黑的头发，看着他深深地印刻着岁月痕迹的皱纹，我想，是该到他歇一歇的时候了。我抚摸着他那张熟睡的脸，好想让那一刻一直停留，让只是丈夫、只是父亲的周坚强，好好睡一觉，陪我过上一段只有家人的清静的生活。

图书在版编目（CIP）数据

大腕的秘密/杨慧子 著. —北京：东方出版社，2009
ISBN 978-7-5060-3605-4

Ⅰ. 大…　Ⅱ. 杨…　Ⅲ. 长篇小说—中国—当代
Ⅳ. I247.5

中国版本图书馆 CIP 数据核字（2009）第 142485 号

大腕的秘密

作　　者：杨慧子
责任编辑：姬　利　陈　涛
出　　版：东方出版社
发　　行：东方出版社　东方音像电子出版社
地　　址：北京市东城区朝阳门内大街 166 号
邮政编码：100706
印　　刷：北京智力达印刷有限公司
版　　次：2009 年 8 月第 1 版
印　　次：2009 年 8 月第 1 次印刷
开　　本：787 毫米 × 1092 毫米　1/32
印　　张：9
字　　数：91 千字
书　　号：ISBN 978-7-5060-3605-4
定　　价：24.00 元
发行电话：（010）65257256　65245857　65276861
团购电话：（010）65230553